吉本隆明歳時記

新版

吉本隆明

思潮社

吉本隆明歳時記 新版

思潮社

吉本隆明歳時記　目次

終の章

春の章

中原中也

わたしの好きだった、そしていまでもかなり好きな自然詩人に中原中也がいる。この詩人の生涯の詩百篇ほどをとれば約九十篇は自然の季節にかかわっている。しかもかなり深刻な度合でかかわっている。こういう詩人は詩をこしらえる姿勢にはいったとき、どうしても空気の網目とか日光の色とか屋根や街路のきめや肌触りが手がかりのように到来してしまうのである。景物が渇えた心を充たそうとする素因として働いてしまう。初期の詩「春の日の夕暮」のはじまりをみると

トタンがセンベイ食べて
春の日の夕暮は穏かです
アンダースローされた灰が蒼ざめて
春の日の夕暮は静かです

詩をこしらえる姿勢でいえば、この詩人の脳裏にはうす靄のかかった温暖で静かな春の夕方の気分的イメージだけがあって、言葉は行きあたりばったりでいきなりはじまっている。「トタンがセンベイ食べて」は音連鎖の気持よさからきた意味のない枕言葉としてみてもいい。意味をせんさくしたければ、わたしにはトタン屋根やトタン製のセンベイ屋の立看板のあるせまい賑やかな街路のイメージがやってくる。(註)「アンダースローされた灰が蒼ざめて」というのは、言い直しの言葉である。「トタンがセンベイ食べて」があまり行きあたりばったりなので、靄の微粒子が塡まっているような春の夕暮の空気の気配を、もうすこし意識的に暗喩して言い直しているとうけとれる。これからあとの二節は、中原中也の独特の倫理の告白で、ほんとうは倫理であるべきものが心象のなかの季節感で表白されている。

吁《あゝ》！　案山子はないか――あるまい
馬嘶くか――嘶きもしまい
ただただ月の光のヌメランとするまゝに
従順なのは　春の日の夕暮か

「案山子」や「馬」の点景が心象にあるかないのかという自問自答の行は、このうす靄のかかった温和な春の夕景に安堵しようとする心にたいし、異和を投げこんでいる。詩人はいま安堵しようとするすべてのものに、不協和な響きを投げこんで反響に耳を傾ける。これは同時に春の気分への異和だから「案山子」や「馬」の断きは夏とか秋とかの象徴にもなっている。つぎにやってくる節で中原中也の独壇場の世界が訪れてくる。景観や季節であるべきものが、もはやかれの心象のなかにだけ実在する倫理になっている。

ホトホトと野の中に伽藍は紅く
荷馬車の車輪　油を失ひ
私が歴史的現在に物を云へば
嘲る嘲る　空と山とが

ここのところを、面倒がらずに巧く解説できなければ、わたしの歳時記ははじまらないのだが。そして解説などせずとも一瞬のうちに解るのだといいたいのだが。まあ、やってみよう。

「ホトホトと野の中に伽藍は紅く」というのは、すべて心象にやってきた景物なのだが、季節が春であるのかどうかはまったくかかわらない。ただこの心象の景物は、馬がゆったり「ホトホトと」歩いてゆく速度に付けられた〈眼〉に映った景物であり、この馬は前節の「馬嘶くか」から連想されて詩人の心をかすめたものとおもえる。具象的には「荷馬車」だ、しかもこの「荷馬車」は、ぎしぎしわだちの軋しむ音をあげていなければならない。なぜなら作者の心象のなかで無意識の倫理は、景物へ不協力を称えているからである。景物を否認するこの詩人の倫理はつぎに、あからさまに詩的な唐突さで「歴史的現在」に問いかける表白になり、そこからかえってくる応えはまた、自嘲に充ちた言葉になっている。これは心象の景観のなかでは「空と山とが」じぶんを嘲っているように象徴されている。

ここまでで起・承・転まではおわった。詩はあと結を叙するだけだ。この自然詩人の季節感がもっとも素っ直に表白され、しかも穏やかである。

瓦が一枚　はぐれました
これから春の日の夕暮は
無言ながら　前進します
自らの　静脈管の中へです

街路の家の屋根瓦が一枚、失われてしまった。なぜだかわからないが、この詩人はそのことを強引に主張しているようにみえる。詩人のなかで、心象の景観検査官がそう主張しているからは、それは詩行に直立している倫理である。夕暮はつぎに夜の闇に変貌するというのが、自然の法則でなければならぬ。けれど心象の景物のなかでは、夕暮はつぎに、景物自身の静かな血管の中へ変貌してゆかなくてはならない。なぜなら最初に、喪失感の表白から心象の景観がはじまっているから、夕暮は心象の法則に従って移ろわねばならない。夕暮は景物自身の静かな血管の中の闇に変貌してゆくより、ゆき場所がない。

この自然詩人の季節はいつも、行きあたりばったりの言葉から心象の景観のなかではじまる。そしてそのうちに固執するに足りる言葉やイメージがふと浮びあがってくる。この詩人の喪失感があまりに深く、現世への希望や憧憬があまりに投げやりになっているからである。だがこの詩人の現世への執着は執拗なものであり、世俗への希望や憧憬も投げやりなくせに、性こりもなく繰返しあらわれる。傷つきのつぎには悔恨が、悔恨のはてには虚無が、虚無の挙句にはまた、執拗な投げやりな希望や憧憬がというように。かれの心象の景観は四季のように経めぐってゆく。

詩に憑かれ、少年期を脱する頃じぶんを天才だとかんがえた詩人はたれも、中原中也のように詩をこしらえ、それ以外にはなにもやる気がしないし能もなく、生活に適応できないじぶんを鍛えてゆくにちがいない。けれどかれがある時、空しさを感じて、詩をこしらえるのを諦め、小さな生活の環を大事にしだしたとしたら、たれもほっとするだろう。これは天才を遇する俗世の声である。あるいは子を遇する父の声だといってもよい。中原中也はこういう詩と詩人の存在の仕方のメカニズムについて、たぶんよく気づいていた。それだけ凡庸の何たるかを知る心さえもっていた。けれど宿業がかれを詩作へひき戻して離さなかった。かれにおける自然の景観や深い季節感は、この宿業の不可避さの代同物であるような気がする。詩「思ひ出」をよむと

　お天気の日の、海の沖は
　なんと、あんなに綺麗なんだ！

という他愛のない行きあたりばったりの心象風景からはじまっている。そのうちに風景のなかから「煉瓦工場」が固執する具象物として択びとられる。

ポカポカポカポカ暖かだつたよ
岬の工場は春の陽をうけ、
煉瓦工場は音とてもなく
裏の木立で鳥が啼いてゐた

ところで時間の観念が心象風景に忍びこんでくると、喪失の倫理もまた、入りこんでくる。そういうよりも詩人は心象にじぶんの倫理感を導き入れたくて景観のなかに、時間を忍びこませたといった方がいい。この時間は詩人にとって季節の推移のことである。だから心象の季節は移るが、詩人のみている自然の景物は変らない。

煉瓦工場は、その後廃れて

煉瓦工場は、死んでしまつた
煉瓦工場の、窓も硝子も、
今は毀れてゐようといふもの

「煉瓦工場」はこの詩人によって択ばれた具象的な景物である。たしかにはじめには、じぶんがぼんやり浜から眺めたり、岬のその工場へいって煙草をふかしながら沖を眺めていた景物であった。だが心象のなかで、しだいに廃工場となり高い鉄骨の窓ガラスも毀れて、赤褐けた色に朽ちてしまう。なぜかわからない。この詩人の内部ではもう自然の景物としての煉瓦工場は置き去られて、心象のなかでしだいにすさんでゆく象徴としての煉瓦工場に変貌してゆく。この変貌を支配しているのはぎらぎらした希望が喪われてはまた、性こりもなく蘇えり、また繰返しては傷つけられるといった、この詩人の宿業にも似た季節感である。季節のように繰返される宿命の主調音である。肉体がこの繰返しに耐えられたら、この詩人の心象は自然と融和したかもしれなかった。だがかれの肉体はそのままでは、自然のように不死ではなかった。また個性の演ずる運命は季節のように、いつまでも繰返しに耐えられるわけでもない。

とにかく私は苦労して来た。
苦労して来たことであつた!
そして、今、此処、机の前の、
自分を見出すばかりだ。
じつと手を出し眺めるほどの
ことしか私は出来ないのだ。

外では今宵、木の葉がそよぐ。

はるかな気持の、春の宵だ。
そして私は、静かに死ぬる、
坐つたまんまで、死んでゆくのだ。

（「わが半生」）

肉体がほんとうに「死んでゆくのだ」といっているのではない。「苦労して来た」ことの宿命の繰返しに、じぶんは耐ええないといっているのだ。また心象の季節がもう経めぐることをやめて、はるかな気持をもったまま、春の宵の感覚的な雰囲気のなかでいつまでも、停止していたいという願望を語っているのだ。

この自然詩人には、人事も現実も真っ暗に閉されたとおもえるとき、ふと陽ざしの色が春めいて艶めくことが唯一の救済だという体感は、資質上なかった。だが過去も将来も茫洋と霞んでおもえる現在の瞬間に「ゆるやかにも、茲に春は立返つた」（「早春散歩」）と感ずる季節の切実さをよく知っていた。

註　イヴ＝マリ・アリュー「中原中也」(「文學」一九七七年十一月号)は「「トタンがセンベイ食べて」、これは錆びたトタン屋根にたゆたう落日の光の動きである。」と述べている。

中原中也　なかはら・ちゅうや
一九〇七年山口県生まれ。詩集に、三四年『山羊の歌』、三八年『在りし日の歌』。孤独な魂の真率な歌は、当時の詩的潮流にはなじまなかったが、戦時下から戦後に訴えるところ強く、今日にいたってもっとも広範な読者をもつ詩人のひとりとして評価される。訳詩集に『ランボオ詩集』など。三七年没。二〇〇四年、第四次『中原中也全集』完結。

梶井基次郎

なぜ一群の切実な現代の自然詩人たちは〈不幸〉という名の倫理を自然の景観や雰囲気と混融させることになったのか。またなぜわたしの青年期の初葉はそれらの詩人たちに心を惹かれたのか。よくわからなかった。けれどこれらの詩人たちの感じた〈不幸〉の感じ方をじぶんもいくぶんかしていたにちがいなかった。〈不幸〉の感じはかならず自然の景観を透過しなければならなかった。そのために自然の景観はまたじぶんの血管のなかを寂かに流れていくようにおもわれた。こういう感受性が成り立つにはじぶんの〈不幸〉

な感情は、自然とおなじように動かし難いものだという無意識の前提がいるような気がする。〈不幸〉な感情はじっさいに〈不幸〉があるかどうか〈不幸〉な出来事に急襲されたか、いま侵されつつあるかとはかかわりなかった。欠如の感性あるいは感性の欠如のことである。この欠如の感覚はどこからくるのか？　現世的な貧困や物質的な不如意あるいは病気から由来するのか。それともただじぶんを〈不幸〉だと感ずる、そのことのなかに発祥するものなのか。そういうことは弱年のわたしにはいっさいわからなかった。ただじぶんのなかに〈蒼白いもの〉〈病み衰えたもの〉〈洗浄されたもの〉〈美化されたもの〉〈純化されたもの〉にたいする遁走感覚ににた親和性があるようにおもわれた。ようするに椅子をくれてこの現実生活の卑小さやわりなさから、脇にそらして安息させるもの（ところ）にたいする渇望と、その渇望を〈不幸〉と感ずる感性とがあった。これは青年期の初葉に誰もが多少とも自家発電する感性かも知れなかった。身勝手な浄化作用と美化作用の感性といってよい。一群の切実な自然詩人たちをこの身勝手さから救っているのは、かれらがその浄化作用や美化作用を生活の倫理にまで、強引にもっていってしまった点にあった。青年期初葉の浄化作用や美化作用は壮成年期以後に、ふてぶてしく油ぎらないまでもやがて塵にまみれて応接室の飾り戸の内に蔵われてしまうのに、かれら切実な自然詩人たちがおおく、夭折を余儀なくされたのはその報酬であったかもしれぬ。そうでないばあいもかれらの個性には、青年期の初葉以後に成長を停めてしまった感性の暗がりのようなものがあった。どんな実生活の経験を積みかさねても豊饒にもならないし、汚れた垢にもならないように、特別なまた不具な保存法を私蔵しているところがあった。これを生理的宿命という矛盾した形容で呼んでもいい。生理的身体は生活の経験によっては豊饒にもならないし、また生活の経験はどんなに積みかさねられても、生理的身体を綺麗にもしないし浄化もしない。生理的身体に影響を与えまた、生理的身体から影響をうけるのは、生理的身体を自然の一種とみなす感性だけである。この感性はどんなに微妙にも豊富にもなりうるし、浄化された階調を奏ることも、病的な音色を発することもあるだろう。そしてこの感性が人格と生存とを覆いつくしてしまうときに、それを生理的宿命と呼んでよいのかもしれぬ。そこでじぶんの生と死を凝視することが自然の景観を視ることとおなじになり、じぶんが歩行することは自然を触知することとおなじだといったところまで、じぶんの生理的身体にまつわる感性を駆り立てていった。こういう詩人はたしかにわたしにとってもいたのである。梶井基次郎。

桜の樹の下には屍体が埋まっている!

これは信じていいことなんだよ。なぜって、桜の花があんなにも見事に咲くなんて信じられないことじゃないか。俺はあの美しさが信じられないので、この二、三日不安だった。しかしいまやっとわかるときが来た。桜の樹の下には屍体が埋まっている。これは信じていいことだ。

（「桜の樹の下には」）

それぞれの樹の下に埋まった屍体はみな腐爛して蛆がわき、透明な体液がたらたらと滲み出てくると、桜の樹の毛根はそれを吸いあげる。すると水晶のようなその体液が、静かな行列をつくって「維管束」のなかを夢のようにあがってゆく。詩人のこういう形像《イメージ》、桜の樹の下には一本一本屍体が埋まっていて、その体液を吸いあげているから烟るように、刷くように花弁を空に真綿ぐるめにひきのばして花を咲かせているのだという形像《イメージ》は、ふたつのことを語っているようにみえる。

この自然詩人は中原中也とちがって、季節のように繰返し経めぐる悔恨と希望にさいなまれることはなかった。かれにとって自然はただ、生と死によって両端をおさえられた〈祝祭〉や〈儀礼〉と同一視された。かれの自然は季節のように移ろわない。ただ生と死とが自然の起源から終末にかけて繰返し交替し、人間の生涯もまた誕生から成人に、成人から老衰へ、老衰から死へと、いわば小さな生死を繰返されるものと認識されていた。認識されていたというよりも無意識のうちにそう見做していたといった方がよかった。たぶんそれは、肺結核というその頃は天刑病のようにみなされて、安静と栄養と自然治癒のほかに手だてがなかった病気と関連があった。この切実なひとりの自然詩人は、生理的身体そのものを自然と同一とみなし、生理的身体にたいする感性的な微動や、ささいな感覚のひだを、景物への微妙な感性の動きと一致させるというところまで、じぶんの痼疾である肺結核を追いつめたのである。たぶんこの病気は感覚を生理に同調《シンクロナイズ》させ、生理を自然の敏感な反応器と化するように病者を強いるものであった。そしてもしそうならばたいへん〈幸福〉な病気といってもよかった。ただこれを〈幸福〉な病気と呼ぶには非病気の位置にいなければならぬというのも、この病気の特徴であった。なお結核が病気である所縁は自然が生理的身体にもたらす反応が、かならずしも感性的な同和だけではなく異和と騒乱を惹き起す点にあったともいえる。

……私は日を浴びていても、いや、日を浴びるときはことに、太陽を憎むことばかり考えていた。結局は私を生かさないであろう太陽。しかもうっとりとした生の幻影で私をだまそうとする太陽。おお、私の太陽。私はだらしのない愛情のように太陽が癪に触った。裘のようなものは反対に、緊迫衣《ストレート・ジャケット》のように私を圧迫した。狂人のようなもだえでそれを引き裂き、私を殺すであろう酷寒のなかの自由をひたすらに私は欲した。

こうした感情は日光浴の際身体の受ける生理的な変化――さかんになってくる血行や、それに随って鈍麻してゆく頭脳や――そういったもののなかに確かにその原因を持っている。鋭い悲哀をやわらげ、ほかほかと心を怡します快感は、同時に重っ苦しい不快感である。この不快感は日光浴の済んだあとなんともいえない虚無的な疲れで病人を打ち敗かしてしまう。おそらくそれへの嫌悪から私のそうした憎悪を胚胎したのかもしれないのである。

（「冬の蠅」）

ではこの切実な病身の詩人に生の恢復がやってくるとすればどうやってくるのか。かれの肉親や知友がかれを救うのか。社会がかれを救うのかわからぬ。ただ確かなことは感覚を生理に同調させ、生理を自然の敏感な反応器自体に化して、異和がなくなるまでに到りついたときに、恢復はやってくるにちがいなかった。かれにはそれはやってこなかった。反対に死がやってきたのである。死はどうしてこの病詩人にやってきたのか。自然に鋭敏に反応するかれの生理的身体の消耗が、もっとも陥没する冬の季節を超えて春まではは耐ええなくなったときであった。もしおまえが少しでも身体を動かせばきっと消耗はそれだけ加重されるだろう。また、おまえが身動きもせずにじっとしていれば、経めぐる季節はいわばおまえの生死の認識とぶっちがいに、横から小さな異和のさざ波を惹き起してゆくだろう。そのどちらにも生理的身体が耐えないときにおまえには死がやってくるだろう。そしてたしかにそのように、この病詩人に死が通っていったのである。

街を歩くと堯は自分が敏感な水準器になってしまったのを感じた。彼はだんだん呼吸が切迫してくる自分に気がつく。そして振り返って見るとその道は彼が知らなかったほどの傾斜をしているのだった。彼は立ち停まると激しく肩で息をした。あるせつない塊が胸を下ってゆくまでは、必ずどうすればいいのかわからない息苦しさを一度経なければならなかった。それがしずまると堯はまた歩き出した。

何が彼を駆るのか。それは遠い地平へ落ちて行く太陽の姿だった。

彼の一日は低地をへだてた灰色の洋風の木造家屋に、どの日もどの日も消えてゆく冬の日に、もう堪えきることができなくなった。窓の外の風景が次第にあおざめた空気のなかへ没してゆくとき、それがすでにただの日蔭ではなく、夜と名づけられた日蔭だという自覚に、彼の心は不思議ないらだちを覚えてくるのだった。

「ああ大きな落日が見たい」

（「冬の日」）

梶井基次郎　かじい・もとじろう

一九〇一年大阪生まれ。二五年、中谷孝雄、外村繁らと「青空」を創刊。「檸檬」「冬の日」などを発表。のち「文芸都市」同人となり、「冬の蠅」「桜の樹の下には」「器楽的幻覚」などを発表。病体を抱えながら、生の頂点に生殖を、反極に死を直感する実感を土台に創作を展開。三一年、創作集『檸檬』刊行。三二年没。『梶井基次郎全集』全三巻。

夏の章

堀辰雄

　誰も現代に牧歌的に生きられるはずがない。だが病弱のため牧歌的であることを強いられた自然詩人たちはいた。かれらを語るときにいくぶんか、気まずさと恥部をさらけだす辱しい思いに誘われるのはなぜだろうか。おまえはもっともらしい貌をして、難しく厳しく冷たく裁断するがじつは、おまえは少女たちの甘心を買うためにそういう姿勢をしはじめたのではなかったか。遠いアドレッセンスの初葉の時に。そう云われていくぶんか狼狽するように、これらの自然詩人たちへのかつての愛着を語るときに狼狽を感ずる。この狼狷と気まずさと恥かしさの根拠のうち、とりだすに値することだけをとりだしたいのだが、その前に云うべきことはある。これらの自然詩人たちの詩と文学とは、まず自身の恥部を臆面もなく晒けだしたものを本質としていた。「その高原で私の会ってきた多くの少女たちを魅するために、そしてそのためにのみ、早く有名な詩人になりたいという、子供らしい野心に燃え」(「麦藁帽子」)ている「私」は、とりもなおさず堀辰雄のアドレッセンスの自画像の投影であった。堀の文学はいくぶんかの度合で昭和の自然詩人たちの恥部と、その愛好者の恥部とを象徴することになり得ていた。もともと堀自身は現実生活の貧苦を解せぬような、甘い育ちの男ではなかった。旧士族の裁判所勤めの父親とその家の手伝い女中のあいだに生れ、母の再婚先の彫金師の家に育った。向島曳舟通りの路地裏であった。下町の裏店のごみごみした家並で、病弱であまり子供の遊び仲間に入りたがらない内気な彫金師の連れ子というのが堀の少年期の境涯であった。それは盲目的で濃い人情に囲まれて、それなりに愉しいものであったろう。だが同時に貧困ゆえに夜ごとに朝近くまで繰返される父母のいさかいを、目醒めて聴き耳をたてるような幼時の体験から、人生の「最初の悲しみ」をしったのであった。堀辰雄もその文学もそんな飴チョコになる謂れもなければ、甘美な憧憬のみを表象するはずもなかった。

少くとも堀辰雄が師芥川龍之介ほどにも、ひたむきにじぶんの出生の感性的な基盤にたちむかっていたなら、永遠にもの欲そうでないこともない、無環境と無国籍の、ある意味で心理主義に偏執した文学に昇華されることはなかったろう。堀の文学を健康な、憧憬を蔵した永遠のアドレッセンスの文学にしてしまった唯一の動因は〈病気〉であった。しかも肺結核であった。この〈病気〉は自然の風や冷気や樹木や山や雲や太陽などに馴致するほかに医し難いものとみなされていた。しかもまるで秒刻や季節や歳月のように緩徐に、眼にたつこともない長い時間の推移に潜んでいる呼吸を、呑みこむことに狃れるほか治癒の術はないとおもわれていた。ある意味では自然よりも長い期間の推移に。

堀辰雄はこの〈病気〉によって下町の路地裏で貧困な彫金師の連れ子として身につけた濃い情緒を喪ったとおもった。同時にじぶんのアドレッセンスの喪失とみなしたのである。以後自然の景物そのものが憧憬する女性となり、季節となることを堀は強いられた。かれの文学をおおくの貧困なアドレッセンスの恥部に諦めて、ひっそりと佇っているものの共有物にしたのはこの〈病気〉であった。この〈病気〉そのものというよりもこの〈病気〉を契機にして、アドレッセンスのすべての願望を捨て、環境の劣勢を内面的に解決することを諦めたことであった。貧弱な信濃の景物、不毛ながんこつ原というよりほか何の取り柄もない浅間の山麓の寒村に身を潜めてしまった堀の生きざまは、また〈病気〉に強いられた姿勢であった。堀に師芥川とおなじ課題を背負いながらそれを回避させたのも、またさく裂する魂の課題を諦めて、抽象的な風景と心理主義と、現実の女性的なものよりも風景そのものを女性として憧憬してしまうことを強いたのも〈病気〉であった。どんなに逆説的にきこえようとも堀の文学に、貧困で貧弱な青年男女たちの永遠に通過しては捨てられるべき山間の寒駅の、孤独さと健康さを与えてしまったものは、堀の〈病気〉とその〈病気〉の処理法にあった。

　それから数年が過ぎた。

　その数年の間に私はときどきその寄宿舎のことを思い出した。そして私は其処に、私の少年時の美しい皮膚を、丁度灌木の枝にひっかかっている蛇の透明な皮のように、惜しげもなく脱いできたような気がしてならなかった。――そしてその数年の間に、私はまあ何んと多くの異様な声をした少女らに出会ったことか！　が、それらの少女らは一人として私を苦しめないものはなく、それに私は彼女らのために苦しむことを余りにも愛していたので、そのために私はとうとう取りかえしのつかない打撃を受けた。私ははげしい喀血後、嘗て私の父と旅行したことのある大きな湖畔に近い、或る高原のサナトリウムに入れられた。医者は私を肺結核だと診断した。が、そんなことはどうでもいい。ただ薔薇がほろりとその花弁を落すように、私もまた、私の薔薇いろの頬を永久に失ったまでのことだ。

（「燃ゆる頬」傍点＝吉本）

堀の文学の追究者と称する男たちは、じぶんの「薔薇いろの頬を永久に失」うことなしに、堀の作品に対面しようとした。そして途方もない虚像をつくりあげた。堀の文学が〈病気〉のために永久に「薔薇いろの頬」を喪ったものによって書かれ、そのためにこそ健康な文学、悪にも倫理にも社会にも実生活にも、さく裂する魂を諦めた健康な文学でおわってしまった悲劇を理解しなかった。堀の文学の皮膚のすぐ裏側には、下町の路地裏に「お竜ちゃん」（「幼年時代」）のような女の児とままごとをしながら育った、職人の連れ子としての生活にたいする愛着と、〈病気〉によるあるべき実生活からの逃亡の陰影がつきまとっていることをみないですごそうとした。けれどこれをみなければかれの、冷たく固くとり澄したような女性にたいする愛憐や、湿気の抜けたような風や空気や景物にたいするエロスを混えた愛着がわかるはずがない。中野重治が「典雅」と評したが、すこしも「典雅」などではなくやむをえず、この世界の悪や頽廃や混乱の渦中から〈病気〉のために疎開せざるを得なくされた堀の悲しい、そっと触れてひきかえす風の心理主義的な健康さの由緒を見失うものであった。堀を病弱な自然詩人に仕立てたものは、堀の文学を健康で貧弱なアドレッセンスの文学に仕立てあげたものとまったくおなじであった。すべての本流の文学には、たとえアドレッセンスまでで夭折した詩人の手になるばあいも、生理的な年齢を超えた妖怪じみた老熟が、むきな若さとともにつき纏うものである。だが堀の文学にはそれはない。ただかならず通過さるべき不毛な草花の咲く寒駅のような、永続的なアドレッセンスが存在する。これがかれの〈病気〉がもたらした悲劇であった。そして不毛な山麓の高原の寒駅にふさわしく、季節はいつも半齣ずつ遅れて堀の文学作品にやってきている。かれの文学が「晩夏」という言葉で象徴する季節はじつは、初夏であることに気付くのである。

堀辰雄　ほり・たつお
一九〇四年東京生まれ。二六年、中野重治らと「驢馬」創刊。三〇年、第一短篇集『不器用な天使』を刊行直後に喀血、死までの長い療養生活にはいる。三三年、「四季」創刊。プルーストやリルケの影響を受けるとともに、王朝文学にも深い関心をしめし、抒情的な作風をつくりあげた。代表作に『聖家族』『風立ちぬ』など。五三年没。『堀辰雄全集』全八巻。

立原道造

堀辰雄が敗戦の直後、四十二歳のおり「僕なんぞも僕なりには戦ってきたつもりだ。だんだんそういうfatalなものに一首の詮《あきら》めにちかい気もちも持ち出しているにはいるが。しかし、まだまだ豌《も》がけるだけ豌がいてみるよ。」（「雪の上の足跡」）とかいたときの「fatalなもの」というのは、まずなによりも〈時間となった自然〉つまり伝統的な感性を意味していただろう。さらに〈身体となった自然〉つまり病気を意味したかもしれぬ。さらに〈社会となった自然〉つまり出生ということも語っていた。

けれどわが自然詩人たちにおける〈自然〉の位置は、あまりにfatalであったため感性的な秩序あるいは、土台をゆさぶるほかに抗うことはできぬ態のものであった。断片的なあるいは即物的な反撥はついに、泡沫たるにすぎぬ。この国ではどんなウルトラモダンな衣裳をその時代ごとに身にまとってもそんなものは、信じるにたりない。その意味では堀はただの一度も、かれのいう「fatalなもの」と本格的に戦ったことはなかった。けれども病弱な身体を駆使して、かれの追随者たちがかんがえているよりも遙かによく戦ったといってよかった。その戦跡ともいえるものはおおく、生理的人間と生理的人間とのあいだの心理的な齟齬の描写ともいうべきものとして遺された。それはかなり適確で稠密な心理主義的な図絵といってよい。たとえば晩年の芥川龍之介と片山広子との関係の仕方の透視図は、堀の作品「菜穂子」の背景ほどにリアルなものはほかにない。またこの心理主義風の戦跡がなければ堀辰雄の文学は、わが現代の自然詩人たちの感性的な土台になっている

fatalで不可解なものに埋没してしまったはずだ。
現代の自然詩人たちの感性的な描写のうち、繰返しわたしに不可解の思いを強い、また一瞬の無為を肯定するとじぶんもそうなってしまうのは、つぎのような点である。わたしはいつも理解に苦しみしかも、すこしでも慣性に身をまかせるとやってしまうような無気味ささえ感ずる。

夜半　雨をきいた朝

裏二階の窓をあけると
山の傾斜地の林檎園の上に
うつくしき虹

投げ入れへ夏蕎麦の花と芒《すすき》と

台所の冷蔵庫の中
麦酒壜《ビールびん》のレッテルは濡れておちてゐる

（田中冬二「虹」）

どうしてこれが〈詩〉なのか説明できるだろうか。偶然ある朝眼に触れた日常の一齣を、自然時間の流れの順序に、自然時間の流れとおなじ速さで切抜いただけでないか。ここに〈詩〉がありうるとすれば、切抜いた景物と事象の〈撰択〉にしかないはずである。もし〈撰択〉の意識が働いているとすれば、作品の時間が自然時間にすこしは異和を称えていなければならぬ。だが「林檎園」も「虹」も「夏蕎麦」や「芒」も、「麦酒壜のレッテル」も、そのあいだを点綴する意識も自然時間とおなじ速さで投げだされている。つまりこれらの対象は〈言葉〉でかかれているのに絵葉書を切抜いて〈言葉〉の代りに貼りつけてあるようなものだ。それを点綴する意識も、視線の動きも自然時間の速さでしかない。擬意識と擬視覚である。

〈詩〉はもともと言葉が自然時間を拒否するところからはじまるはずだ。ある時自然の草花を投げ入れただけの生け花に、美を感ずることがありうるように、こういう詩をかいてしまうことはありうる。けれど失敗としてありうるというにすぎない。現代の自然詩人たちには失敗としての〈自然〉ということがなかった。微細にふるえる不安としての自然はあった。けれどかれらは失敗したことがなかったのだ。おそらく実生活にも思想にも。かれらが分限者だったか清貧だったか、すね者だったかは知らない。ただ失敗者でなかったことは疑いがない。わたしたちの自然詩人の〈詩〉からこの種の、擬意識と擬眼が自然から抜きとった景物と事象を除外したら、作品は成り立たない。この深刻な弱点こそまた独自性でもあった。不毛の草花を摘んできて一本の筒に投げ入れたら〈美〉が成り立つ。そういう感性はわたしたちの内部に存在する。なぜ？　どうしてなのか？　百万遍くらい自問してみる必要がある。こういう感性の構造の強靭さと不毛さと確かに存在しうるという認知とを。堀辰雄のいう「fatal なもの」の実体はこれであり、堀の無意識の奥にこそ真にしまいこまれていた。
自然詩人としての堀辰雄の、もっとも優れた継承者ともいうべき立原道造は、その最初の詩集『萱草に寄す』で、堀がひそんだ山麓の寒村の不毛な草花を摘みあげることで、堀のいだいていた〈不安〉を顕在化させたといってよい。

夢はいつもかへつて行つた　山の麓のさびしい村に
水引草に風が立ち
草ひばりのうたひやまない
しづまりかへつた午さがりの林道を
うららかに青い空には陽がてり　火山は眠つてゐた
――そして私は

見て来たものを　島々を　波を　岬を　日光月光を
だれもきいてゐないと知りながら　語りつづけた……

（「のちのおもひに」）

あの日たち　羊飼ひと娘のやうに
たのしくばつかり過ぎつつあつた
何のかはつた出来事もなしに
何のあたらしい悔いもなしに

あの日たち　とけない謎のやうな
ほほゑみが　かはらぬ愛を誓つてゐた
薊の花やゆふすげにいりまじり
稚い　いい夢がゐた——いつのことか！

（「夏花の歌」その二）

これが詩集『萱草に寄す』のなかで立原が、堀辰雄のひそんでいた山麓の寒村から摘みあげた不毛の草花のすべてである。「萱草《わすれぐさ》」ということで立原は「ゆうすげ」のことを指そうとしていた。「ゆふすげびと」のなかで「それは黄いろの淡いあはい花だつた」ことを寒村のある娘から教えられた日のことを後にうたっている。

萱草《わすれぐさ》わが紐に付く香具山の故《ふ》りにし里を忘れぬがため

（『万葉集』巻の第三　三三四）

萱草わが下紐に著《つ》けたれど醜《しこ》の醜草《しこぐさ》言にしありけり

（『万葉集』巻の第四　七二七）

わすれ草わが紐に著く時と無く念《おも》ひわたれば生けりとも無し

（『万葉集』巻の第十二　三〇六〇）

わすれ草垣もしみみに植ゑたれど醜の醜草なほ恋ひにけり

（『万葉集』巻の第十二　三〇六二）

この萱草は赤黄色の花をつけるやぶ緩草《かんぞう》や野緩草の呼び名で「ゆうすげ」のことでない旨を『万葉植物図鑑』の小村昭雲はのべている。憂さを忘れるために着けるものとされた貧しい草であった。立原の「萱草」は「ゆうすげ」のことで夕方に黄色の花を咲かせ、翌朝しぼんでゆく乾いた高原の夏花を意味した。

「薊の花」というのは北部咲きの小さな赤紫の野原あざみのたぐいを意味したろう。水引草もまた雑木林や草原にありふれた草花であった。けれどこれらの貧弱な草花は、東京下町の商家育ちの立原道造にとっては、固有名詞で択びえた数少い自然の草花であった。それとともに堀辰雄がひきこもっていた貧寒な山村の景物を象徴するものでもあった。そしてもしかするとわが自然詩人たちすべての貧弱さを象徴するものでもあり得たのである。立原道造は堀がひきこもっていた信濃追分の寒村で、モダンな村娘と親しくなった。そしてその村娘は、立原と交わした淡い親愛感は親愛感として結婚のために都会へ出ていった。それだけのことが詩集『萱草に寄す』を点綴する情緒である。けれどこれらの詩作品を流れる時間は自然時間ではなく、あるひとつのかなりはっきりした構成的な時間である。この構成的な時間は情緒的にはその村娘とのあわあわしい出会いから別離までを追跡する親愛と喪失感の心理主義的なつづれ織りの世界だが、感覚的には湿気を含んだり吐いたりする木造りではなく、乾いた石造りのかなり几帳面な積み上げからできている。言語的には指示代名詞や人称代名詞を主語として、日本語よりも印欧語的に繁多に繰返し用いることで、景物や事象を代名詞的な世界の水準に抽象し、独特な背景の世界を造りだした。そのあいだにごく少数の具象的な草花の名や事物の名をあしらうことによって〈美〉を構成した。他愛もない夢とあわい心理的な異化の語り口のほか、なにもないような立原の詩の世界が、なぜに読むに耐えるのか。たぶん立原がじぶんでも気付かずに繰返し読者に強いてくる感性はかれの〈死〉の認識と予感であった。もっと極端にいえば〈死〉からやってくる認識であった。その他愛のない夢の語り口や心理的な情感を喚うことができるものも〈死〉からやってくるかれの無声の表音の確かさと構成を喚うことはできなかった。

立原道造　たちはら・みちぞう
一九一四年東京生まれ。堀辰雄、室生犀星らと交流。「四季」同人となり、詩、評論、物語を発表。三七年、楽譜形式の詩集『萱草に寄す』『暁と夕の詩』刊行。集中の作品はすべてソネットで、青春の脆く美しい抒情をあらわす。没後、遺稿による『優しき歌』が刊行された。三九年没。『立原道造全集』全六巻。

田中冬二　たなか・ふゆじ
一八九四年福島県生まれ。二九年『青い夜道』、三〇年『海の見える石段』を刊行し、昭和初期の代表的抒情詩人となる。田園の風物や生活を謳い、透明にして穏和、郷愁に誘う温かい抒情を特色とする。三五年「四季」同人。以後、『山鴫』『故園の歌』『晩春の日に』など、詩集多数。一九八〇年没。『田中冬二全集』全三巻。

嘉村礒多

中国地方の田舎町にひとりの旧家育ちの少年がいた。なぜか母親からうとまれた記憶しかもてなかった。父親にたいしては反動的に身を擦りよせていったがたがいに、恥部をあばきあい骨身をけずって葛藤した記憶しかもてなかった。かれは長じてそう記した。けれども〈記憶〉はたれにとっても一種の病いである。あまり信じるわけにいくまい。少年はうとまれた〈記憶〉に強く固着したため逆に、この世のどこかに「誇りに充ちた自由な輝かしい幸福」（「業苦」）なアドレッセンスがあるはずだと錯覚した。少年はやや長じて欠落した母性への思慕を充たしたいためはやまって、遠縁にあたる年上の娘と結婚した。後にそうのべているが、あまりあてにならない。少年は嘉村礒多と称した。

年上の妻はかれを「嬰児のやうに愛し劬《いたは》ってくれた」(「業苦」)。けれどかれは妻の〈劬り〉のなかにじぶんにたいする〈愛〉や〈劬り〉のかわりに娼婦のような、狃れきった〈劬り〉一般を嗅ぎあてて猜疑心をつのらせた。

結婚生活の当初咲子は予期通り圭一郎を嬰児のやうに愛し劬つてくれた。それなら彼は満ち足りた幸福に陶酔しただらうか。すくなくとも形の上だけは琴と瑟と相和したが、けれども十九ではじめて知つた悦びに、この張り切つた音に、彼女の絃は妙にずつた音を出してぴつたり来ない。蕾を開いた許りの匂の高い薔薇の亢奮が感じられないのは年齢の差異とばかりも考へられない。一体どうしたことだらう? 彼は疑ぐり出した。疑ぐりの心が頭を擡げるともう自制出来る圭一郎ではなかつた。
「咲子、お前は処女だつたらうな?」（「業苦」）

もともと「処女」である母性とは形容矛盾である。それればかりか、かれの願望矛盾の表象であるにすぎなかった。「疑ぐりの心」ははじめから、かれの内部にあって、たまたま年上の妻に奔出しただけであった。かれはたぶん、遠縁の年上の女が「処女」でないことを無意識のうちに知り「処女」でないがゆえに求めて結婚したのである。かれは母性と婚したかったのだ。むしろ「処女」であってはいけなかったといった方がよかった。

かれは年上の妻が中学の上級生でじぶんの嫌っていた男と関係があったことを、しゃにむにつきとめたあげく別居して、勤め先の県庁のある町の郊外に間借りした。そこで「私立の女学校」に勤めていた女性と恋仲になり、東京へかけ落ちしていった。けれどかれはまだ（というよりもまた）錯覚を累進していった。

妻の過去を知つてからこの方、圭一郎の頭にこびりついて須臾《しゆゆ》も離れないものは「処女」を知らないといふことであつた。村に居ても東京に居ても束の間もそれが忘れられなかつた。往来で、電車の中で異性を見るたびに先づ心に映るものは容貌の如何ではなくて、処女だらうか？　処女であるまいか？　といふことであつた。（「業苦」）

そして願望が達せられたとかんがえた女性を東京へ「拉し去つた」のである。

ひとは錯覚によって生涯をつき動かされることも生活の惨苦を荷なうこともありうる。かれの生涯と東京本郷辺で営んだ惨苦の生活はたぶん、この錯覚に殉じたものであった。

かれが本質的に錯覚し、またかれにとって不可能の象徴のようにかれの外におくことができなかったのは〈自然〉であった。はじめにこの〈自然〉との失敗した関係は、かれの述懐するように肉親とくに、父親や母親との関係にあらわれた。どうしても父親や母親を、じぶんの外におくことができないために、両親は対象に仕損じた〈自然〉であった。母親は仕損じた母性であり、父親は仕損じた家父長であった。妻は仕損じた異性となるほかなかった。また知人たちは仕損じた社会であった。

かれの数少い文学作品は失敗した〈自然〉との関係を抜きにしてはかんがえられない。かれの文学は惨憺たる貧苦と病苦のあいだに、点綴する病弱な女性との葛藤の生活を扱い、そういう描写にみちていながら、以外にわたしたちに生活思想を感じさせない。眼をおおいたいような惨苦も、発作の一種のようにしか受けとられていない。たぶんかれの生活倫理がじつは、失敗した〈自然〉の内的な反映にすぎないからであった。このためにかれは一度もじぶんの内面の光景をじぶんの対象となしえたことはなかった。独白も非情も激昂も、生活のひとこまひとこまの光景も、ただそれ自体であって、かくべつ倫理でも喜怒哀歓でもない。ときどき声高になっては、繰返しあらわれる罪業感のさわりも、さわり自体の直接性であって内省的な罪の意識とはちがっていた。

七月×日——九時半寝床の上に坐り直した。手を伸べて座側の窓を開けると、梅雨霽《ば》れの紺碧の空から太陽の光と新鮮な空気が室の中に流れ込んで来た。

横寺町から神楽坂にかけて、気のつかぬ間に今年も亦、中元売出しの意匠を凝《こ》らした華やかな装飾が施されたことを、朝食の時カツ子は私に告げた。

土用半ばの油蟬がミーンミーン鳴く或日の日ざかり、姉の一粒種の豊次が突然来訪した。かれは暑中休暇を利用して、家の離れの二階建を貸してゐるY町の高等学校の教授とかの生地駿州江尻在へ、その家族に連れられて来たのだが、目的の富士登山も、附近の名勝の探索もすみ、旁々、叔父さんに東京を見せて貰ひたくぶらりつと上京した、さう豊次は言つた。

猛暑遂に九十六度、けふの立秋に記録破り——斯う三段ぬきの大仰な見出しで、雨の望みなし、残暑ますます酷烈、といふきのふの予報が図に当つて、けふ立秋なのに秋立たばこそ、朝来一トむらの草を揺がす風もなく、午前六時の気温は例年の平均七十三度を凌ぐこと四度、七十七度を示し、午前十時半遂に今年最高の九十五度余九十六度近きを示し云々——と報じた新聞紙を読んでも、私は颱風の発生、けふの峠《とうげ》で涼しくなりさう、実はそんなことは左程この身に係《かかは》りなく、ほんとは朝夕に常に心を至《いた》して何物かを断絶しようと念々執持の気持で己を剋してゐるのであつた。

（「秋立つまで」）

梅雨ばれの青く滲んだ久しぶりの紺碧の空も、急にまぶしく照りつけるようになった日も、ミーンミーンと暑そうに鳴く油蟬も、暑中の街の風物の描写も「カツ子」が告げ「豊次は言った」ことや、「新聞紙を読ん」だことの描写である。「私」はそこにはいない。「私」はそんなことに係わりないと思っている。「私」は「ほんとは朝夕に常に心を至して何物かを断絶しようと念々執持の気持」で時を刻んでいると思い込んでいる。けれど思い込んでいるにすぎない。それほど無関心な（と思っている）街の風物や〈自然〉の描写や〈自然〉の描写の描写が、どうしてかれの作品に饒多にあらわれるのか。じつはかれの倫理でさえもかれの内部にあって規制する〈自然〉に左右されるものだったからである。もしかするとかれの罪責感もまた内面から離脱できないでも掻いている〈自然〉の所産かも知れなかった。
この自然詩人は、おおくの同時代の自然詩人たちとちがっていた。ほんらい的には詩人というよりも宗教と処生のはざまに直接に、身を晒した生活無能な生活人であった。けれどすべての罪の意識も悔恨も倫理も、処生訓も〈自然〉化せずにはおられない資質によって、わずかに詩人だったのである。

嘉村礒多　かむら・いそた
一八九七年山口県生まれ。「業苦」「秋立つまで」などの作品を「不同調」「新潮」ほかの文芸誌に発表。自己のもつ醜悪な面を告白しつくす姿勢をとり、私小説の極北をしめす。一九三〇年『崖の下』、三二年『明治大正昭和文学全集　現代作家篇　嘉村礒多篇』『途上』『一日』刊行。三三年没。『嘉村礒多全集』全二巻。

秋の章

葛西善蔵

狭い庭の隣りが墓地になつてゐた。そこの今にも倒れさうになつてゐる古板塀に縄を張つて、朝顔がからましてあつた。それがまた非常な勢ひで蔓が延びて、先きを摘んでも〳〵わきからわきからと太いのが出て来た。そしてまたその葉が馬鹿に大きくて、毎日見て毎日大きくなつてゐる。そのくせもう八月に入つてるといふのに、一向花が咲かなかつた。(「子をつれて」)

「彼」は、種子をまき、植えかえをやり、縄を張って油粕をあてがったりして世話した。だが時期になっても花を咲かせない朝顔を阿呆だとおもった。そんなに手入れした朝顔の花をひとつもみないうちに、借家を追い立てられてゆくじぶんが「惨めな癡呆者《たはけもの》」のような気がしてくる。「彼」は幾カ月ものあいだ友人や知人から金を借り散らかして返せなかった。もう誰からも借りるところがなくなった。友人たちからも陰でひんしゅくされだした。いちばん最後までつき合ってくれた友人のKからも忠告される。みんな貧乏な惨めな友人などは、それだけでうっとうしく、ちょっとしたことにも撲滅してやりたいような苛立しい残忍さをもつものだ。それなのにお前はそうおもわれているじぶんに気づいてないと。「彼」は直接のかかわりもなく迷惑をかけたこともない知人から、ひどい仕打ちをされなければならないのが、どうしても理解できない。とうとうナベ釜や家財道具を売払って、追立てられるよりさきに借家を捨ててしまう。小学校二年生の長男は本と学校道具を入れた鞄を肩にかけてついてくる。七つの長女の手をひいて、夜の街へ出てゆく。

けれど安宿へころがり込むほかゆくところがなかった。

「彼」は「好感興」、「悪感興」という言葉を発明する。人間には好い「感興」をおぼえるのでなければ、悪い「感興」にさそわれるほかに生きてゆくことができない。それがなければ悪い「感興」でもかまわないから求めなければ、この人生は堪え難いところだ。食べなければならないということが、人間から好い「感興」をうばい、悪い「感興」の弾力をもうばって、穴のあいたゴム鞠のようにしてしまう。「彼」はいまのじぶんがそうだとかんがえる。

葛西善蔵にとって〈自然〉の風物も季節も、このゴム鞠にあいた穴のようなものであった。この意味は二重性を帯びている。妻は二女を連れて金策のために実家へ行ったまま帰ってはこない。じぶんは喘息と神経痛と肺結核に冒されながら、売れないだが彫り込むために遅筆の小説を書いている。同棲して世話をやいてくれる女とは修羅場のような毎日を繰返している。生活の惨めな労苦のあいだに〈自然〉はいわば、救いでも惨苦の象徴でもなく、まったくぽっかりとあいた穴に似ていた。息が抜ける慰めでもなかった。まったく無感興な穴のように善蔵にあらわれた。かれの〈自然〉には、ほんらい意味がつけられないはずであった。けれどかれの日常生活がすべて、かれのいう「悪い感興」にとりかこまれていた。そこでほんらい〈無意味〉なニュートラルな〈自然〉が〈意味〉を帯びたといってよい。

葛西善蔵は鎌倉の建長寺内の宝珠院の時代に、わが子の家出を主題に「不良児」を書いた。本郷下宿時代に女との同棲の惨苦を主題に「蠢く者」を書いた。日光湯元に宿泊して「湖畔日記」を書いた。そして絶筆に近く酒びたしの狂乱と、結核や神経痛の悪化した病苦のなかで「酔狂者の独白」を書いた。自虐と自棄と善良さの惨苦を描いて生涯をとじた。かれが転居するときいつも、かれにとっては〈無意味〉であるがゆえに〈意味〉のある〈自然〉に惹かれて棲家を移している。どうにもならなくなった人間関係と生活の窮乏から逃れるために〈自然〉のなかに隠れたのではなかった。どうにもならない友人や子供や同棲している女との関係は、かれが居を移した明媚な風物のなかでも、六畳と四畳半とせまい庭の植木しかない本郷の安下宿のなかでもひとしなみについてまわった。生活の窮乏でさえ、明媚な風物のなかでも「細民窟」の借家でもおなじようについてまわった。牢獄の高く小さい格子窓から覗かれる青い空のように、ほんらいは善蔵にとって慰藉であるはずの〈自然〉が、けっして慰藉でも救いでもなかった。まったくおなじように、よく彫り込んだ文字通り裏も表もないかれの私小説の世界は、惨苦の永遠性を描きながら、じつはそれほどの惨苦を感じさせなかった。この世に地獄があるとすれば善蔵の生活は、その「地獄廻り」に終始した。しかしかれの地獄は、おおくの犯罪者の地獄とおなじように、幾分かは善良さや間抜けさからやってくる意識の脱落であった。そしてこの意識の脱落した穴を、ちょうど埋める大きさでかれにとって〈自然〉が存在した。ちょうどおなじ大きさの〈自然〉は、善良さゆえのかれの生活意識の空白を埋めたろうが、溢れることも欠乏することもない〈自然〉であった。善蔵にとって〈自然〉の景物や樹々や草花がいつも手ぐりよせられながら、救いでもなければ惨苦の象徴でもなかったのはそのためであったろう。

太宰治の短編「善蔵を思ふ」はたぶん、善蔵の「子をつれて」や「酔狂者の独白」に呼応して書かれた。あるとき農家のおかみさんがバラの花を売りつけていった。引越したばかりの家の庭先にやってきた女は、畑に家がたつので、抜いて捨てるのも可哀そうだから庭に植させてくれといって植えてゆく。花は、ついていない。

「これからでも、咲くでせうか。」蕾さへ無いのである。

「咲きますよ。咲きますよ。」私の言葉の終らぬさきから、ひつたくるやうに返事して、涙に潤んでゐるやうな細い眼を、精一ぱいに大きく見開いた。疑ひもなく、詐欺師の眼である。嘘をついてゐる人の眼を見ると、例外なく、このやうに、涙で薄く潤んでゐるものである。（太宰治「善蔵を思ふ」）

バラの花は「子をつれて」のなかの「朝顔」に対応している。それから四、五日のあいだ「私」は米のとぎ水をあてがい、萱で添木をつくり、枯れた葉を一枚一枚むしり、小さな緑色の虫を除去するのに熱中する。だまされた、だが花よ咲けと「私」は念ずる。「私」にとってはそれは救済なのだ。なぜならうまく善意をほどこせないためあざむかれ、力んで瞋ってはぐらかされてきた「私」の、この世にたいする絶望感は、このバラの花が咲けば解消されるかもしれないから。或る日、同郷の文化人たちの集りで失態をやらかし、悄然として「私は一生、路傍の辻音楽師で終るのかも知れぬ。馬鹿な、頑迷のこの音楽を、聞きたい人だけは聞くがよい。芸術は、命令することが、できぬ。芸術は、権力を得ると同時に、死滅する。」（「善蔵を思ふ」）と思いつめる。この瞬間に「私」は「善蔵を思」ったにちがいない。太宰治の作品はそう描かれている。ところが、偶然友人がきてこの庭のバラは優秀なバラだと折り紙をつけてくれる。「私」は農家のおかみさんにあざむかれたのではなかったとおもい「青空は牢獄の窓から見た時に最も美しい」と感ずる。ここが葛西善蔵とはちがっていた。「私」にはこのばあい〈自然〉の草花は人間の意志の象徴であり、それが咲くことは善意が稀にこの世で勝利をうるときであり、救済でもあった。善蔵はもっと〈自然〉に親しかったかもしれないが、救済であったことはなかった。〈無意味〉であっただけだ。

善蔵をある種の善良さから眼覚めさせたのは、死もまぢかな晩年であった。肺結核と肋間神経痛と貧苦にさいなまれて、酒を浴びては中毒患者の妄想に駆られてあばれた。同棲している女と、手伝いの知人の娘は二人掛りで、そのたびに掛ふとんに善蔵をす巻きにして縛りつける日が続いた。そういうなかで善蔵はかんがえる。女たちはじぶんが肺結核で不治だとわかると、仕事をさせて、稼がせるわけにいかないので、わざと気づかぬふりをしてじぶんを酒びたりで神経のおかしくなったアル中患者と思い込もうとしているのではないかと。善蔵はこのときじぶんが半ばアル中の病的な妄想に冒されているることに気がつかなかった。けれどじぶんの善良さが、とうていこの世で通用する態のものでないことに、はじめて気づきかけたといってよい。けれどもうおそかった。眼がさめると肋間神経痛が痛む、それを紛らわすために酒を飲む、飲んでは蒲団にもぐり込むという循環のうちに、確実に肺結核を進行させていた。「酔狂者の独白」には、二年前の晩い夏、日光でやった釣の道具を出して、六畳から狭い庭へ釣糸を垂れてみるといったほどにしか、善蔵の〈自然〉はあらわれなかった。

葛西善蔵　かさい・ぜんぞう
一八八七年青森県生まれ。一九一二年、舟木重男らと「奇蹟」創刊。「哀しき父」「悪魔」「池の女」などを発表。一九年、第一創作集『子をつれて』刊行。詩情あふれる哀愁と自他に対する苛烈さ、そこに漂う飄逸さを特色とする。『不能者』『贋物』『哀しき父』などがある。二八年没。

正宗白鳥

独身の朝川は、お国を囲うだけの財力があるかどうかもわからない会社勤めだが、三日目五日目に遊びにきた。どこという無理も云わぬかわりに、先行きのほどはどうなるかわからないような自由さをお国に許していた。お国はそれを気立ての面白さと感ずるときもあれば、じぶんを引きさらってくれない頼りなさを感ずるときもあった。朝川の方もお国をじぶんの妻君に据えるだけの積極的な気持をもてなかったが、お国を手離してべつな女と結婚するというほどの契機もなく、それとなく足が遠離かるようにも思われた。お国はその心の空隙をどうやって埋めるのかわからない静かな焦燥のほうへ次第に惹きよせられていった。他に旦那をもとうかと動揺する気持を朝川にぶちまけたとき、朝川はお国に愛着を感じると同時に、自分だけに頼ろうとするお国の気持に重荷を肩にかけられたような気もして、女を一身に引受けることの煩わしさの予感ももった。

その夜お国は落著いて眠られなかつたが、目醒時計を枕許に据ゑて、不断より早い朝川の出勤時刻に遅れぬやうに、早くから起きて甲斐々々しく朝飯の仕度をした。そして止められるのに強ひて電車まで見送つた。朝風は浴衣一枚の肌に薄寒く浸みた。正午時分からは小雨さへ降出して羽織でも引掛けたいほどで、仮寝の足の先は今迄に覚えない冷たさを覚えた。もう秋になつたのだ。秋といへば着物の事が何よりも先づお国の心を奪つた。古物で間に合すにしても、今の中に質屋から出さなければ、洗張りにやるにも手遅れがする。

「急に涼しくなつて心細く候」と、その夜朝川へ宛てゝ、手紙の後へ添書した。

朝川は何の気なしに読んで、「涼しくなつてその二階も住みよくなるだらう。障子を締める時候となれば、油煙の吹込まぬだけでもいゝ。お前の怖がる隣の馬鹿男に見られぬだけでもいゝ。家の庭には萩の花を著けた。今度の日曜には百花園へでも行かう」と返事をかいた。

「何を著て百花園へ行くんだらう」と、お国は思つた。（「微光」）

作中の朝川は幾許かの度合で白鳥自身が「片目の老婢」（「泥人形」）と、二人きりで住んでいた時期の自画像であった。家産が故郷にあり東京の大学を出て、職をもって勤めるのでもなくぶらぶらしている。小説のようなものを書いてみるかとおもうと、ごろごろ寝ころんで書物に読みふける。かくべつ当ても生活の張りもないままに、精神は次第に起伏を失って並の心の動きをもたなくなる。「微光」のお国はそういう時期にかかわった女性の一人をモデルにしている。そういう男に肉体の親しさと疎ましさでつながりながら生活している女性の眼からみた世俗の風物が描かれている。故郷に親ゆずりの家産があり、その仕送りを喰いつぶしながら、知識を貯えるでもなく蕩尽するのでもない。どんな痛切さにも出あわぬうちにくすんだ色調を生活に呼び込んでしまった。そういう知的な青年たちが大正から昭和の初年にかけて数おおくいたにちがいない。正宗白鳥はその典型的なひとりといっていい。かれが痛切でないのは家産でゆとりのある生活があったからだ。崩れなかったのは育ちの格調があったからだ。くすんでいるのは〈世俗〉はあっても〈社会〉に出あう生活体験がなかったからだ。だが根強いのはなぜかと問わなければ片手落ちというべきである。

白鳥は〈社会〉をも季節ごとに着物を著たり脱いだりする習慣とおなじ距

りで、またおなじような関心（あるいは無関心）のところにおくことができた。「微光」のお国がじぶんの生活の先行きの心細さを、季節の秋の尖端に感じ、それから翻転して、季節の着物がない心細さとしてすぐに受けとめるように。お国のような女の存在は、若い日の白鳥のような存在なしにもありえた。けれど若い日の白鳥が形成されるには、お国のような存在が不可欠であった。透谷のいわゆる〈考えることをしている〉男が、考えることの目標を喪失したところで、なお〈考えること〉をしているとすれば、白鳥のような存在が生み出されるほかなかった。〈社会〉は着物のように脱ぎ棄てたり著たりするもの以上ではなかった。それかといって季節ごとに衣更えするほどには不可欠な、関心をそそるべきものであった。このところに〈社会〉を〈自然〉のように自分と化する白鳥の独特なニヒリズムが位置していた。

太宰治は晩年、正宗白鳥というのはただのジャーナリストじゃあねえかといった意味の放言をした。過剰にも過少にも苛立たず、他者を愛しているのか憎んでいるのかもわからず、面白いのか面白くないのかも告白せず、フィクションを構成する努力をしているのかしていないのかもわからぬ作品を書いていているだけだ。そうみえる白鳥に太宰は苛立った。白鳥はこの太宰の放言を知ってよく云いあてていると述べている。

「微光」の朝川の分身である「泥人形」の重吉は、お国のような玄人女の感性的な〈自然〉に染みついた心を、ときには荒れた何もしないうちに疲れたところに成立っているとかんがえる。そこに辛うじて正宗白鳥的な〈知〉が喚起される。「心の底では柔かな愛情が欲しかつた。浮いた色恋でない穏かな情愛の中に、疲れた荒れた心を休ませたかつた。」(「泥人形」)というときに、お国のような女は範囲にはいってこない。なぜならばお国のような存在こそが「穏かな情愛の中に、疲れた荒れた心を休ませた」いとおもっているもの自体だからだ。いいかえれば季節ごとに脱ぎ棄てられたり著られたりする〈着物〉自体だからだ。白鳥はお国のような存在に比べれば、まだ微かな

〈知〉の動きに救済をみつけだすことができる存在である。またその度合に応じてまだ自身にあざむかれることができる存在である。

「泥人形」の重吉は、ただお国のような存在がみえる生活の光景から離れるという理由だけで、かくべつ好ましいともおもわない女性と結婚する。この女性は重吉にとって〈故郷〉とおなじような存在である。ということはそこから逃れたくて東京に出てきたと同時に、そこからの仕送りで生活をしているというのとおなじ存在である。かくべつ感謝も恩恵も感ぜずに、ずるずると喰いつぶしているのが、重吉にとって〈故郷〉である。重吉はそういう存在である女と結婚し、そういう虚無的な生活をはじめる。花嫁は「泥人形」とおなじだと重吉がおもうのは、じぶんの生活意識が〈社会〉を「泥人形」とおなじ位相でうけとめているからである。重吉にとって何が面白くて、あるいは何がつまらなくてこの世界が、この「苦娑婆」が生きるに価するのか。それは〈社会〉が、観照される距りでもなく、激しく圧迫する距りでもなく、ちょうど脱いだり著たりできる〈着物〉のような位置で存在するという事実のためである。事実がそこにあるように、生きることがそこにある。

翌日《あくるひ》、重吉は袴羽織を着けて、父に連れられて三四軒親戚を廻つた。花婿様として出入にジロジロ見られたり、縁側の隙間から覗かれたりするのが、却つて面白かつた。自分が異つた人間になつたやうで、見てゐる人々よりも自分で自分が珍らしかつた。此方《こっち》を憚つてあまりに手軽にするのが飽足らなかつた。いつそ初めから本式に婿入姿をして紋付の着物に白足袋を穿いて、出迎への行列でもつくらせ、町の者の目を惹くやうにしたらば興があつたかも知れぬと思はれた。

（「泥人形」）

重吉は、じぶんが俗人とおもわれることにだけ生甲斐を感じているのではない。俗人とおもわれることを面白がっているじぶんの心を、取だして眺めることに生甲斐を感じているのだ。この白鳥的なニヒリズムは、永続的に〈無意味〉だということではじめて〈自然〉にもっとも近くにあった。なぜなら永続的に〈無意味〉なものも、永続的に〈意味〉のあるものとおなじように何かだからだ。

正宗白鳥　まさむね・はくちょう
一八七九年岡山県生まれ。十四歳頃キリスト教を知り、内村鑑三に傾倒。一九〇四年、初めての小説「寂寞」を「新小説」に発表。〇七年、第一短篇集『紅塵』刊行。旧套になずまぬ生まれながらの自然主義作家の誕生と目された。ほかに、『微光』『泥人形』『何処へ』『白鳥傑作集』『今年の秋』など多数刊行。戯曲、評論も旺盛に発表した。六二年没。

牧野信一

不幸にも樹木と語りあい、馬と心理的な葛藤を演ずることができたのは才能ではなく、生れもった素質といってよかった。それなのに人との葛藤にはほとんど耐え得なかった。そのためにかれの書く作品はおおよそ近代小説の条件を欠いていた。けれどかれは詩的散文というものを資質的に強制された、ほとんど唯一の現代作家であった。昭和の〈自然〉詩人たちは詩的散文を創造した。だが運命的に強制されたのはかれのほかに求められそうもない。かれは樹木と語り、馬と葛藤を演ずるために散文に〈暗喩〉を導入した。〈暗喩〉は〈自然〉と交霊するためのかれの言葉で、暗号でもあった。

……昔、私の祖父が山霊の妖気に魂を奪はれて、屢々その根もとで哀れな遊楽の妄想にうつつを抜かしたと云はるる大唐松が独り禿山の頂きに逞ましい腕を張つて巨人の踊りを、髣髴させてゐた。大樹の幹は、東方《ひがしかた》の平野から吹きあげる千年の風に靡いて、恰も大空の星の壮麗に仰天のあまり、これはこれはとばかりに胸をのけ反らせ腕を拡げて呆気にでもとられてゐる姿であつた。

（「剝製」 傍点＝吉本）

この文体は必然的に詩に属している。それとともにいわば樹木の心理を推察しそれに語りかけようとして生みだされた文体である。これが誇張なら樹木に言葉を解させる次元で交歓するために編みだされた文体といってよかった。同時代に宮沢賢治のほかに創りだすことができなかった文体である。馬に語りかけても変らなかった。

「ゼーロン！」

と呼んだ。私の胸は奇妙に甘く高鳴つた。私は胸の下まで垂れ下つて来た奴の鼻面を静かに撫でた。それからブドウ酒の壜を取りあげて、彼の口へ向けると、彼はヒヒヒヒと嗤ふが如き陰気な声をあげて大きな口腔《くち》を天井へ向けてあんぐりと開いた。私は飼葉桶を踏台にして、それに酒を注ぎ、残りを自分の口に傾けた。私が踏台から降りると彼はまた元の通りに私の肩に鼻面を伸して厩の軒からうつとりと月を仰いだ。龍巻山の空のあたりには星雲《アンドロメダ》の薄光がゆらめいてゐた。

（「夜見の巻」）

これは動物を愛好する者の文体ではなく、動物と交歓する不幸な精神の文体である。このために牧野信一の作品は必然的に不遇であった。樹木や馬や物象との交歓を稠密に描写されたときこれを読む者は、自らが不幸なものかあるいは不幸な患者をみる医者の眼をもった者以外にはあり得ない。この不遇の意味に牧野信一自身は思い到ったことはなかった。あるいは思い到ったとき自殺を択ぶほかなかったといいかえてもよい。

「山を降る一隊」というわずか五枚ほどの短篇は、いわば樹木や馬との交歓を捨てて人間のあいだに降りて来ようとして永遠に、行方不明になった者の宿命を〈暗喩〉する秀作である。「私」は伐木場の「メートル係り」で、橇で運ばれてくる樹木の切り口を物差で測り「何メートル、何々」と大声で事務所の記帳係りに告げることを職業としている。そして妻君からはその「何メートル、何々」という声がプロフェッショナルで、冴えたほれぼれとした音声だということのために尊敬されている。また樹木の切り口の寸法を、末尾の数字を切上げて叫ぶので、寸法の大きいほど賃金が高くなる運びの連中からも尊敬されている。この幸福な「私」と妻は酒盛の挙句、「恰も王様と后のやうに馬に乗せられて」麓の村の居酒屋へ繰出してゆく。妻は運びの連中の衆望が「私」の人格的な原因によるかのように「誤解」して晴れやかな微笑をくれている。

芝になつてゐる峠の絶頂に来ると、村里の灯が沖の漁火のやうに見渡された。そして、あたりは広大な平野で丁度月が昇つたころだつたので海原を見渡すやうであつた。

行列はそこに到達すると思はず脚をとどめて炬火を振りかざしながら鬨の声をあげた。そして携へてゐる酒徳利を順々に手渡して、ラッパ飲みを試みた。

（「山を降る一隊」）

けれどこの一隊は里の居酒屋に到達することはなかったはずだ。作者である不幸な〈自然〉詩人はそれをよく知っていた。それだからこそ「この文章の目的は、広大な月夜の原野を、何に浮かされたのかも知れない奇妙な一隊が有頂天で行進して行くファンタスチックな光景を叙すだけで足り、その原因や結果は全く無用なのである。」と一篇を結んだのである。現実の牧野信一が働きのない棄郷の放浪者として細君から「あたしはもう十年も辛抱してゐる――着るものもなくなつちやつた！」と軽侮され、細君の従妹から「いくら、兄さんの働きがないと云つたつて、故郷なんだもの、ちつとはもう少し何とかなつてゐると思つたわ。――ああ、あきれた、あきれた。これぢや、姉さんばかりがほんたうに可哀さうだ。」と侮辱されるさまは、たとえば「痴日」にみることができる。かれは樹木や馬のようには人間に語りかけることができない資質であった。まして葛藤して押しかえすことができなかった。それだけのエネルギーがあったとすれば〈暗喩〉の世界に跳躍して、長々と飽きずに樹木や馬に語りかけてやまなかった。樹木や馬たちはかりに、かれを侮蔑し逆らうことがあったとしても、かれが自身を侮蔑し自身に逆らうのとちょうど同じ度合においてであった。なぜならかれらは〈自然〉に属していたから。かれの言葉はこの〈自然〉のかかとに触れるために〈暗喩〉の文体を必要とした。この文体のなかには、かれの〈自然〉にたいするおびえは形をあらわすことができたが、かれをおびやかす人間は入り込むことはできなかったのである。妻君も妻君の従妹も、義眼の同居人も母親も、いわば樹木や馬のように童話的にしか登場することができない作品のなかで、この〈自然〉詩人はもっとも悲しい夢想家であった。

たとえばかれの「疑惑の城」からヒントをえて太宰治は「乞食学生」を生み出した。また「パンアテナイア祭の夢」から「走れメロス」を触発されたといっていい。そしてたれも太宰治の作品の方を見事といわざるをえないだろう。かれはほとんど人間の心を描くすべをもたなかった。あるいは人間にたいし樹木や馬の次元でしか関心をもつことができなかった。「疑惑の城」の冒頭

——嘘をつくな、試みに君の手鏡をとりあげて見給へ、君の容色は日増に蒼ざめてゆくではないか、吾等は宇宙の真理のために、そしてまた君が若し芸術に志すならば、芸術のために蒼ざめるべきではないか——

かれには、こう書いてしまったあと、人間についてもう書くべきことは残っていない。けれど太宰治はこれだけあれば優に「乞食学生」を生々しい肉体と心理の綾で紡ぎ出すことができた。太宰には人間と人間の関係のほかに、世界は何もなかったからだ。けれど牧野信一は「吊籠と月光と」のように、AとBとCという類型さえあれば出尽してしまうほどの関心しか、人間の心にもちえなかった。そのほかに人間が在るとすれば〈自然〉の影、あるいは〈自然〉の〈暗喩〉としての人間ばかりであった。かれがじぶんで名告けた恐怖性神経衰弱症なるものは、人間が樹木や馬に与える恐怖（もしそういうものがあるとすれば）にほかならなかった。かれの作品にしばしばあらわれる愛馬にして駄馬ゼーロンのように、鳥の羽根で鼻孔をくすぐられただけで狂乱して死ぬことが人間にありうることを、かれをめぐる人々は解さなかった。

牧野信一　まきの・しんいち
一八九六年神奈川県生まれ。一九一九年、「十三人」創刊。「爪」を島崎藤村に認められる。「新小説」「新潮」などへ小説を発表し、二四年、最初の作品集『父を売る子』刊行。ほかに、『牧野信一集』『西部劇通信』『鬼涙村』『酒盗人』など。三六年没。

冬の章

宮沢賢治

宮沢賢治の詩と童話から過剰な景観の描写や、景観のなかの風や岩や草木や、景観の要素のひとつとしての人間との交歓を除いたら、あとはなにがのこるか。堅苦しく生真面目で、ほんのすこしの頽廃にも面を背けてしまう資質がのこるだけかも知れなかった。ただこの資質は十分にじぶんで摘出されていた。じぶんは馴染まないが悪や頽廃を解さなくはないかれの第二の貌がそこからあらわれる。

〈自然〉詩人たちが過多な人間関係にむせかえり、社会にうちひしがれた心情を逃れるために、意識や無意識や理念を〈自然〉に安堵させたものとすれば、宮沢賢治はその対極にあった。わたしたちは驚嘆せずにはおられない。よくもこう飽きずに自然と付き合えるものだ、というように。人々が過剰な人間関係や社会的な錯綜から逃れて〈自然〉にむかうつもりになると、逆に宮沢賢治の饒多な〈自然〉からおし返される。いささかへきえきしながら人間関係のなかに憩いを見つけたくなるほどだ。わたしたちはかれが耐えたようには〈自然〉に耐えることはできない。あまりに人間の匂いがしないかれの世界に慣れることができないし、あるばあいには畏れさえ感ずるほどだ。かれが並はずれて〈自然〉の景観と付き合いきれたのは、けっして生活環境が田園だったからではなかった。景観を彩る〈自然〉の破片のひとつひとつを、かれが性的な対象のように扱い得たからであった。風景に流れてゆく情緒はかれのエロスとおなじであった。景観に愛着するのは生理的に愛着することであった。また景観に解放を感ずるのは性行為に解放を感ずるのと、たぶんおなじであった。景観との葛藤や、景観への恐怖や抑圧もまた、恋愛するときの異性のさまとおなじであった。

その恐ろしい黒雲が
またわたくしをとらうと来れば
わたくしは切なく熱くひとりもだえる
北上の河谷を覆ふ
あの雨雲と婚すると云ひ
森と野原をこもごも載せた
その洪積の台地を恋ふと
なかばは戯れに人にも寄せ
なかばは気を負ってほんたうにさうも思ひ
青い山河をさながらに

じぶんじしんと考へた
ああそのことは私を責める
病の痛みや汗のなか
それらのうづまく黒雲や
紺青の地平線が
またまのあたり近づけば
わたくしは切なく熱くもだえる
ああ父母よ弟よ
あらゆる恩顧や好意の後に
どうしてわたくしは
その恐ろしい黒雲に
からだを投げることができよう
ああ友たちよはるかな友よ

きみはかがやく穹窿や
透明な風　野原や森の
この恐るべき他の面を知るか
（「その恐ろしい黒雲が」）

景観との情交にいつづけとでも云った方がいいこの〈自然〉詩人の、もっとも不明で曖昧な部分がここであらわれている。「恐ろしい黒雲」というのが何を暗喩するかまったくわからない。けれどはっきりとこの「恐ろしい黒雲」が〈死〉をひきずってやってくる〈自然〉へのサド－マゾヒックな性的表象であって、なまなかな〈自然〉にたいする畏怖感ではないことを知ることができる。「洪積の大地を恋ふ」といってみたり、「青い山河をさながらにじぶんじしんと考へ」る宮沢賢治は、天然の景観に融合した法悦を讃美している素朴な牧歌詩人ではない。もちろん現代の社会的な諸関係から退行して〈自然〉にもぐり込んでゆく逃避的な感性でもなかった。性的《エロチック》というよりほかにいうすべがない。
もちろん宮沢賢治の景観へのかかわり方は一様ではなかった。ある沈んだ表象ではこの詩のように「恐ろしい黒雲」に劫略される感じであった。またあるばあい味も素っ気もない習慣的な自然に、習慣的に交わるにすぎなかった。けれどかれがわたしたちを驚かせるときの景観は、あたうかぎりきらびやかに、また硬質な、透明な色彩の殻に装われてあらわれる。

そらにはちりのように小鳥がとび
かげろうや青いギリシヤ文字は
せわしく野はらの雪に燃えます
パッセン大街道のひのきからは
凍ったしずくが燦々《さんさん》と降り
銀河ステーションの遠方シグナルも

けさはまっ赤《か》に澱《よど》んでいます

ああ Josef Pasternack の指揮する
この冬の銀河軽便鉄道は
幾重のあえかな氷をくぐり
（でんしんばしらの赤い碍子と松の森）
にせものの金のメタルをぶらさげて
茶いろの瞳《ひとみ》をりんと張り
つめたく青らむ天椀の下
うららかな雪の台地を急ぐもの
（窓のガラスの氷の羊歯《しだ》は
　だんだん白い湯気にかわる）
パッセン大街道のひのきから

（「冬と銀河ステーション」冒頭）

しずくは燃えていちめんに降り
はねあがる青い枝や
紅玉やトパーズ　またいろいろのスペクトルや
もうまるで市場のような盛んな取引です

（「冬と銀河ステーション」末尾）

薬物幻覚のような原色と細部の拡大と強調と烟霧のような形象の奔逸とは、かれの景観にたいする生理的な情愛の飾りつけであった。景観がこのように装われたときかれのエロスは充たされたにちがいなかった。かれに均衡の観念が宿ったとすれば〈自然〉がこのように人工的な硬質な装飾をまとったときで、この状態からは奔放な空想も、宗教的な情念も、ユートピア的な農村社会の構想も可能であった。

なぜ景観はかれにとってこのように硬質に色彩に充ちて装われねばならなかったのか。こうしなければ〈自然〉はかれにとって飽きやすく、素っ気なく、それ自体で美でも醜でもなく、生活以前にそこに存在するものにすぎなかったからだ。景観を装飾することと、景観に愛恋することとはおなじであった。こういう情慾的な〈自然〉との関係では、景観を飾るために編み出した言葉と、景観がじっさいにそのように視えることとは、区別がなかったはずであった。そういう意味で宮沢賢治は根源的な〈自然〉詩人といってよい。かれが情念を燃せば、檜の枝から滴りおちる雫は情念のとおりに燃えあがって視えたにちがいない。かれが感覚を凝縮させれば冬の大気は、粉砕されてきらきらと降りそそぐ氷の粉に変って撒きちらされ、日の光や月の光は、彩色された光の棒になって樹々のあいだに投げ込まれた。自然現象は実体を変えずに感性的な状態を変えるというのは、かれのもっとも巨きな思想であった。人間もまた自然現象としてみるかぎりこの外のものではない。実体を変えずに状態を変えて循環しつつある途上で、たまたまこの世界に可視的に存在し、不可視的に消滅するにすぎないという観念も、たぶんここからやってきている。
かれは〈自然〉に宇宙論的な構成をあたえることで自分も他者も貧弱さから昇華させ、救済させせようとした。けれどもこの救済観念には、あるがままの〈自然〉によって慰安されようとする意識はなかった。人間が救済されるためには〈自然〉は空想によって想像的に装飾されなければならない。また人工的に構想され、創作されなければならないというのは、かれの信じてやまないところであった。かれは人工化されてゆく〈自然〉の歴史に何も希望をもたなかったが、人工的に装飾された〈自然〉の歴史に望みをかけていたことが知られる。

宮沢賢治　みやざわ・けんじ
一八九六年岩手県生まれ。生前公刊された作品は、一九二四年刊行の詩集『春と修羅』と童話集『注文の多い料理店』、および「歴程」などの雑誌・新聞に発表された数篇の詩や童話のみだが、没後、数次にわたって全集が編集され、科学的な宇宙感覚にあふれた独自の作風で、現在も多くの読者を獲得している。一九三三年没。二〇〇一年、『〈新〉校本宮澤賢治全集』完結。

長塚節

大正三年十二月二十二日、この日の天候は不明だが、長塚節は最後の病気が悪いさ中に次の歌を詠んだ。

落葉焚《た》きてさりたるあとに栗のいが独《ひと》り燻《くす》びて朝の霜寒し
黄に染みし朱欒《ざぼん》の枝に二つ居て雀は鳴かず寒き日は悲し（「鍼の如く」其六草稿）

庭で落葉を掃きよせて焚くというのは病気が悪くなってあまり出歩けなく

なった長塚節には最後の慰みのようなものであった。だがまえの歌は落葉を焚いたのはじぶんではなく、たれかが立ち去ったあとの不在のイメージをもとに作られている。落葉を焚いたのが自身だったとしたら、自身の不在あるいは、不在の自身を自分でうたうというのが一首の叙景のモチーフである。あとの歌は〈悲しい〉というのがモチーフである。そしてこの〈悲しい〉のは病み衰えたじぶんが、冬の日にも冬の日の景物の細部にも耐ええなくなったところからやってくるものであった。もっとはっきりと自身の死の予感のようなものまで身体にこたえていたかもしれない。もしあとの歌が茂吉の「死にたまふ母」の一首「のど赤き玄鳥《つばくらめ》ふたつ屋梁《はり》にゐて足乳根《たらちね》の母は死にたまふなり」の暗示をうけているとすればなおさらである。節の死はもう一カ月あまりのところに来ていたのだから。

翌二十三日は終日北風が吹き荒れた。その夜につくった歌はつぎのようである。

痛矢串《いたやぐし》白きが鹿の胸に立てし峰の杉むら霧吹き止まず
矢を負ひて斃《たふ》れし鹿の白き毛にいたましき血はながれけるかも
夜もすがら鹿はとよめて朝霧にたふとく白く立ちにけるかも
深谷の鹿の血しほの滴《したた》りをかなしき雨はあらひすぎにけり

（「鍼の如く」其六草稿）

この連作歌はモチーフが不明である。〈白い鹿〉が矢に射られて血を滴らせているイメージだけが鮮明にやってくる。そして緊迫した息づかいのようなもの、写実よりも心的な状態の暗喩のようにうけとることができる。かれは何か身辺に心を騒がすことがあったのか、それとも近づいてくる〈死〉の足音におびえているのか。尋常ではない連作をものした。長塚節の心にはかならずや

妹を思ひ寐《い》の宿《ね》らえぬに秋の野にさを鹿鳴きつ妻念《おも》ひかねて

（『万葉集』巻の十五　三六七八）

夜を長み寐《い》の宿《ね》らえぬにあしひきの山彦響《とよ》めさを鹿鳴くも

（『万葉集』巻の十五　三六八〇）

のような歌があった。これらの歌は平城京への望郷の想いととれるが、節の歌はなにを語るのかわたしには分明でない。故郷の習俗のひとつにかぎがあるのかもしれぬ。ただかれは死を直前にして自然物を写す、しかもほとんど極限の微細さと微妙な動きまでも写生するという詩法を一つすすめて、自然を写すのであるがそのこと自体が、全体的な心の暗喩になっているところにたどりついたのではなかったか。

秋の野に豆曳《ひ》くあとにひきのこる莠《はぐさ》がなかのこほろぎの声

こほろぎのこころ鳴くなべ浅茅生《あさぢふ》の蕺《どくだみ》の葉はもみぢしにけり
桐《きり》の木の枝伐《き》りしかばそのえだに折り敷かれたる白菊の花　（「秋冬雑詠」）
目にも見えずわたらふ秋は栗の木のなりたる毬《いが》のつばらつばらに
馬追虫《うまおひ》の髭《ひげ》のそよろに来る秋はまなこを閉ぢて想《おも》ひ見るべし　（「初秋の歌」）
芋がらを壁に吊《つる》せば秋の日のかげり又さしこまやかに射《さ》す　（「晩秋雑詠」）
白埴《しらはに》の瓶《かめ》こそよけれ霧ながら朝はつめたき水くみにけり
唐黍《たうきび》の花の梢《こずゑ》にひとつづつ蜻蛉《あきつ》をとめて夕さりにけり
藁掛けし梢《こずゑ》に照れる柚子の実のかたへは青く冬さりにけり
冬の日はつれなく入りぬさかさまに空の底ひに落ちつつかあらむ　（「鍼の如く」其一）
口をもて霧吹くよりもこまかなる雨に薊《あざみ》の花はぬれけり　（「鍼の如く」其二）

これらの景物描写の細密さの極限と、細密であればあるほど空白さが浮きあがってくる詠歌の逆説的な構造は、すでに子規の新しい描写主義のうちに兆しつつあった。たとえてみれば米粒のうえにどんな微細な文字や図柄を巧みに描いても所詮は巧みな〈芸〉以上のものではない。なぜならば対象の撰択力に内的な衝迫と必然がなく、ただ珍らしいための限定しかないからだ。それとおなじことであった。この方法を極限まで追いつめていったのが長塚節であった。そして極限まで追いつめられていってはじめて、子規派の『万葉』の歌の把握に重要な欠陥があることが露呈されたといってよい。子規の周辺に形成された根岸派の『万葉』のつかみ方は、桂園派の『古今』調の伝習に反撥するあまり、『万葉』の自然描写とみえるものがおおく客観描写や自然の景物の写生ではなく、心的な全体暗喩であることをみないものであった。これをべつの言葉でいえば、万葉人の自然描写や叙景は、歌がそれ以外の方法では心を表現できないからそうしたまでだという面をまったく無視するにひとしかった。

子規はたぶんこのことに気付かずにすんだ。「瓶にさす藤の花ぶさみじかければたゝみの上にとゞかざりけり」のような〈事実〉そのままの描写とみえるほどの表現が、つぎつぎに旧套の和歌の概念を着実に、うち破ってゆくことを信じきれたからである。また実際に青年たちはここに和歌概念が革新されてゆく姿をみて、子規のもとに集まっていった。長塚節もその一人であった。かれもまた子規の歌におどろきその模倣から出発したのだが、瓶にさした藤の花ぶさが短くて畳の上までとどかないという静物画的な構図の近代性と新鮮さでは、しだいに充たされなくなった。畳の上にとどかないで垂れさがっている藤の花の形は、色は、匂いは、そしてそのうえに留まるじぶんの心象は、ということの全体の〈見えるもの〉と〈見えないもの〉が織りなす構成を追いもとめざるを得なかった。

『万葉』の自然詠をささえているのは〈写生〉でも〈実相観入〉でも〈声調〉でもありえない。原形質としての〈詩〉の保存であって、これをたどるには巧みな撰別が必要であった。だが子規派の一党にそれができるはずもなかった。かれらが歌道とでもいいたいような言葉の習練のつみ重ねによって獲得していったのは、米粒のうえにいかにして巧みに如実に細密画を描いてゆくかという手だれであった。そもそも米粒のうえに描くということが景物や自然をたんに素材の意味にかえてしまうものだったら、描くこと自身を別様にかんがえるほかない。どうして米粒に描くことに固執するのかという疑念は、初期の根岸派の〈自然〉詩人たちにはやってこなかったのである。

長塚節はもっとも忠実な子規派であった。もっとも忠実に愚直に子規の歌の方法をつきつめていった。名人芸の象牙彫りの細工が見事であればあるほど露呈させる空虚というものにつきあたったときに、幻のように「鹿」は朝露のなかに「たふとく白く立ち」つつあったのではないか。この最終の歌の意味がわたしには分明でない。にもかかわらずうけとることができる暗喩は強く明晰で、おもわず理解の願望あるいは願望の理解は遠く走るのである。

翌十二月二十四日に、長塚節の詠んだ歌は、

明るけど障子は楮《かぞ》の紙うすみ透《とほ》りて寒し霰《あられ》ふる日は　（「鍼の如く」其六草稿）

寒気が障子の紙をとおるのか霰のふる鈍い日あかりが透るのかはっきりしない。けれど昨日の〈白い鹿〉のイメージとうって変った静かな平明さに占められている。もう十日後には入院し、あとひと月で死んだ。

長塚節　ながつか・たかし
一八七九年茨城県生まれ。一九〇〇年、正岡子規に師事。〇三年、伊藤左千夫らと「馬酔木」を創刊し、歌作、歌論に活躍。〇八年、「アララギ」創刊に参加。万葉調の写生に徹し「うみ苧集」などを発表。一二年、写生の問題を推し進めた長編小説『土』刊行。死の直前まで続けられた「鍼の如く」は二三一首の大作。一五年没。『長塚節全集』全七巻（別巻一）。

諸詩人

ひとしきり
落日がはじまりを襲えば
そこここに散らばる夢の死骸
ありふれた恋
その物語の破れめを
死の舌さきでふさぎ隠すためにだけ
駆け落ちてきた悲鳴の残滓

ゆき倒れてなお
追われつづける身代わりたちに
ふりかかる
鎮めの雪　贋の雪
だがかえって黒ぐろと
浮びあがるひとつの道　ひとつの視線
おれは不在　恋びとよ
おれは死体

（平出隆「花嫁Ⅲ」）

詩は言葉の内部に追い上げられ、〈自然〉は意想の内部で単色の水墨画で寂かにしている。これは現代詩の感性が流行の歌謡や民俗歌謡《フォークソング》の感性に追い上げられたためとおもえる。鋭敏な若い詩人たちの詩は、大衆歌曲や歌謡の音盤のちょうど裏側で、次の行を探索する刹那の緊張と、言葉をなし遂げたときの弛緩の快楽だけで息をついているといえようか。「鎮めの雪　贋の雪」というのは偽感情の自然というよりも、むしろ言葉の（なかの）自然、言葉での自然、言葉以外のどこにも存在しなくなった自然をうまく象徴している。

花すゝき草のたもとも朽ちはてぬ馴れて別れし秋をこふとて
ことぞともなくて今年もすぎの戸のあけておどろく初雪の空
雪ふかきまのゝかや原跡たえてまだことゝほし春のおもかげ
（藤原定家『拾遺愚草』太上皇仙洞同詠百首応製）

同時代の流行の歌謡の感性からはげしく追い上げられ、自身もまたその感性に全身を滲透されながら、かろうじて言葉の内側にまくれ込んで詩を追っている中世期の堂上歌人のひとつの姿がある。言語の同時代的な習慣と風俗をいわば意識的に操作しながら、自然詠の人工的な姿を保っている。なにが類似しているのか。もちろん時代の構造が同型なのだ。ただそれをいうためには、可成り面倒な手続きが必要である。言葉の情況の同型、詩の同型が、言葉の歴史の内側、詩の歴史の内側にあるといったほうが無難だ。中世歌人たちは『梁塵秘抄』に痕跡がみられる民俗歌謡《フォークソング》の流行に心身の髄まで滲透された。さきを争って憧れの白拍子の姿に似せて和歌《フォクポエム》の歌体に幽玄風の昇華を加えようとした。その背景には、諸国をあてもなく自在にわたりあるく浮浪者的な労役者や、芸能者や、民間呪術師や賭博者の群れがあった。また宮廷内まで歌謡と踊りを繰込ませてくる祝祭があった。往還する諸国の産物と交通があった。もちろんそれは武門の隆盛とわだちをひとつにしていたのである。歌人たちは民俗歌謡《フォークソング》の裏をとるよりほかに術がなかった。現在新古今風といわれている歌体は、古典学者が高尚風にきずきあげた幻影とはちがって、詩の風俗化のまったくの裏にあたっている。これは現在の若い鋭敏な詩人たちの意識されない傾向と軌をおなじくしている。

まず私服の蛇を遠ざける
みぎれいな乞食《かたい》を屈ませ
ひなびた必須をひねり
かじかんだ呼鈴をむしり
雪譜も埋まる雪のなか
ひえるくるぶしを谷水にすすぐ
あなた

むなびれで顫をかしぎ
死の呼び水でやさしさを漉き
おびただしい男斧のほおばりに疲れ

（荒川洋治「娼婦論」）

素人写真家のうつしている、あおい
三十年の前の戦争が
寒梅のうすべにに
もれて、まぼろし

昨夜にみた
十五歳の流行歌手の
マイクにかかる唾液が
ようやくその湿りを伝えている
冬の寺の庭に
記名をそぐ私記は
もれて、まぼろし

（稲川方人「償われた者の伝記のために」）

どうしようもなく詩の言葉は意想の海に沈んでしまう。それに追いすがって拾いあげられた言葉の果ての象徴がみられる。そのほかに詩人をみようとするにはあまりに風俗に滲透されすぎている。詩的な感性が言語の情況そのままの容器になってしまっている。

雉子なくかりばの雪に
かりねせむ
うだのふし柴しばし
宿かせ

深き夜のならの葉分を
つたひ来て

しぐれにかへるゆめの
通路

風の上に星のひかりは
さえながら
わざともふらぬ霰をぞ
聞く

（藤原定家『拾遺愚草』員外）

最後の一首は定家が試みた訳詩である。けれど訳詩であることと和歌であることとはこの詩人のなかでほとんどどんな区別もされていない。またかくべつの障害感とはなっていない。これは世界がひとつになったからではなかった。また外国詩のホン訳の技術が身についたからでもなかった。言葉が同《コン》時代的《テンポラリイ》な原型を獲得していたからであった。民俗詩《フォークポエム》である和歌は、世界詩《ユニバーサルポエム》である漢詩とおなじ感性でとらえられ、それは民俗歌謡《フォークソング》である『梁塵秘抄』の二句今様、四句今様その変則歌謡の世界の裏をなしている。そういう言語の構図は、鋭敏な中世詩人たちの内部で確信されていたといってよかった。けれどこの確信の構造は、いわば伝統的な文化の構造にほかならなかったから絶えず不安と危惧をともなうものであった。定家のなかに定家をみつけることはできない、ただ定家の言葉と風俗がみつかるだけだ。白氏のなかには白氏が、その思想が存在する。晩唐の詩人たちには詩人たちが、その思想が存在する。けれど新古今の詩人たちにはただ詩人たちの言葉と風俗があるだけだ。これがいうところの世界詩《ユニバーサルポエム》と民俗詩《フォークポエム》との不可避の相異である。これがよりおおく文化の構造によるものとすれば、この間の事情は現在の詩人たちにおいても一向にかわりがないというべきである。詩人たちにおける迷路の〈自然〉とは、情況それ自体のことであり、またそれ以外の何ものでもない。迷路を唱う感性の放浪ともいうべき詩もまたひとつの極に位している。

雪は暮らしにくいほど多かった
誰だって数羽のカラスの死骸は見ている筈だし
目張りした窓は雪融けまでこのままだった
立ちこめる炭素の中で噛みしめた温州ミカンと
天井から吊る下がっている塩味の寒鱈よ
つくづく詩や哲学では生きられない町について思うのだ
〈はまなすの詩集〉の17センチ盤レコードは
市内の楽器店で100枚も売れたのだろうか
詩集を胸に泣きぬれし乙女はいづこさい果ての町……
ばかな！
旅情などどこにある渦巻く宗谷海峡が
灰色の岩場で吠えている人生航路が泣いている

左端の白い新月
頭上で神話のように天の川が光る
ひき締まる皮膚の繊毛
日本最北端の地！のキメ粗い石碑よ
いつまで打たれるか
そして　どこまで行き
どこまで帰る熱き曠野であるのか

（山本博道「宗谷地方、日中薄曇り」）

放浪の距離が〈自然〉によって測量されようとしている。

平出隆　ひらいで・たかし
一九五〇年福岡県生まれ。詩集に、七六年『旅籠屋』以降、『胡桃の戦意のために』『若い整骨師の肖像』『左手日記例言』など、方法意識に貫かれた、繊細で稠密な言葉の練磨を積み重ねる。『弔父百首』など詩の枠組みを揺り動かす。近年は全集編纂をはじめ伊良子清白研究に力を注ぐ。評論集『破船のゆくえ』『光の疑い』など。

荒川洋治　あらかわ・ようじ
一九四九年福井県生まれ。詩集に、七一年『娼婦論』以降、『水駅』『あたらしいぞわたしは』『ヒロイン』『坑夫トッチルは電気をつけた』『渡世』『空中の茱萸』など、つねに詩界を揺り動かしてきた。書評、エッセイでも知られ、『忘れられる過去』『文学が好き』など著書多数。二〇〇一年『荒川洋治全詩集1971-2000』刊行。

稲川方人　いながわ・まさと
一九四九年福島県生まれ。詩集に、七六年『償われた者の伝記のために』以降、『封印』『2000光年のコノテーション』など。尖鋭な方法論と張りつめた抒情性が美しい緊張と均衡を成す。評論集『反感装置』など。映画批評でも知られ、編著に『ロスト・イン・アメリカ』などがある。二〇〇二年『稲川方人全詩集1967-2001』刊行。

山本博道　やまもと・ひろみち
一九四九年生。詩集に、七九年『風の岬で』、九八年『短かった少年の日の夏』、以下『ブルゴーニュの赤』『ボルドーの白』『夢の小箱』など多数。

春の章

諸歌人

遙かに遠い以前の日のことであった。雪解けのあとやっと灰暗の日々から解放された思いで街中へ出ていった。小学校（「国民学校」と呼んでいたかも知れない）の傍を目貫き通りへ抜けていこうとすると、校庭から子供たちの斉唱が聴えてきた。聞いたことがない、校歌じみない、けれど斉唱するよりほかないメロディと歌詞とがうら珍らしいので、しばらく立ちどまって聴いていた。二度繰返して歌われたその歌は短歌だったので、すぐに覚えられた。

ひろき野を
流れゆけども最上川
海に入るまで
濁らざりけり

そして歌うばあい「最上川」のところと、最後の「濁らざりけり」がリフレインとなる。寮に帰ってからあの歌はいったい何だと仲間に尋ねた。あれは何とか皇后（この皇后の名を忘れた）の歌で山形県民歌なんだと教えてくれた。わたしは仲間から習ってそのメロディを完全に覚え込んだ。

わたしの最上川は芭蕉でも茂吉でもない。この街の小学生徒の斉唱と、この「ひろき野を」のもつ痛みのようなメロディである。米沢市に割って入るところの最上川は、河原に滑石の瀬が州を造り、そのあいだを水が縫うように、浅く流れているだけであった。けれど季節はいやおうなくその河原に降りてくる。草も萌え、河石も灼熱し、うそ寒く枯れ、はだれの雪を残す。それが問題であった。この川はわたしにとって「海に入るまで　濁らざりけり」ということが問題ではなかった。この歌がいつごろ作られたか存知しないが、この川の姿から〈海に入るまで濁らない流れ〉をうけとったとすれば貧困な倫理的な嘘だとおもえる。けれどこの嘘は居ずまいを正した清潔そうなおばさんの吐いた嘘であり、メロディとあわせると、それほど悪たれる気がおこらないものであった。「花影淡き夕まぐれ　虫声繁き夜半の月　古武士のあとをしのびつつ」などというじぶんたちが斉唱している逍遙歌と称するもののほうが、ずっと嘘と誇張にみちていたのである。わたしにとって最上川は暗い河であった。もっと内部をいつも流れていた。どこからきてどこへゆくのかはわからないが、閉じられた盆地のなかで吾妻連峯の景観と一体になっていた。この内閉的な景観がどうしようもなく行きづまってくると、よくその河原に出かけた。確かめればいいのだ。足にまつわる流れの温度や、底に触れる滑石の踏み心持を。枯れぼさのところに消えのこる雪のざらざらした肌触りを。そうしてふたたび景観の手触りを回路に、内部の河は流れはじめる。つまり最上川は河原石のあひだを縫って流れてゆく。

きさらぎの日いづるときに紅色の靄こそうごけ最上川より
われひとり歩きてくれば雪しろきデルタのうへに月照りにけり
最上川のほとりをかゆきかくゆきて小さき幸をわれはいだかむ
最上川逆白波のたつまでにふぶくゆふべとなりにけるかも
月読ののぼる光のきはまりて大きくもあるかふゆ最上川
あまぎらし降りくる雪のおごそかさそのなかにして最上川のみづ
最上川の流のうへに浮びゆけ行方なきわれのこころの貧困
最上川の鯉もねむらむ冬さむき真夜中にしてものおもひけり

厚らなる雪の断面の見ゆることもありてゆたかなる最上川ぞひ

（斎藤茂吉『白き山』）

（佐藤佐太郎『立房』）

この近代の古典詩人たちも帰郷のおりおり、または旅の途次に最上川の景観をのぞきに行った。なぜどういう思いでのぞきに行ったのかはこれらの歌からは明晰にならない。けれども最上川をのぞきに行った。そのことはたしかな重量感をもって伝わってくる。じつに景観をのぞきに行ったそのことを、どうしてもある確かさと重さで伝えることに、かれらの歌の生命はかけられていた。なぜどんな思いで〈自然〉をのぞきにいったかを言説するのは、歌の理想であったかも知れない。その以前にまずのぞきに行ったことの手ごたえが言説できなければならぬ。そこに歌はあるべきだとかんがえられた。歌の〈声調〉は〈自然〉にたいする原初の嗟嘆をひきずっていた。とすれば歌は共同的な感情であり、けっしてなぜどうしてという問いを〈自然〉に発するものでなかった。かなり新しい時代まで国家制度を形成せずに済ませてきたわが古代民族にとっては〈自然〉が制度の代用をしながら、かなり後代まで歴史時代を無為に経過してきた。なぜどうしてという問いを歌の〈声調〉のなかに封ずるように、歌はできてなかったのである。さればとて言語の〈声調〉なしに詩が成立するわけもなかった。近代以後の歌人たちの悔恨、恨み、困惑、精進から言葉の〈声調〉にかかわる苦痛をとり除くことはできない。これは詩が〈声調〉をとり除けないことを肯定するかぎり致し方のないことであった。

暖冬の終らむきはに雪降りつ再び降りつあらがふに似て（吉野秀雄『含紅集』）

野にかへり春億万の花のなかに探したづぬるわが母はなし（前川佐美雄『白鳳』）

藍色の籠に卵を妻は溜《た》むひとひ春来し如き物の香　（近藤芳美『歴史』）

わがこころ満ちたらふまで咲く桃の花の明るき低丘いくつ　（佐藤佐太郎『帰潮』）

ここでは大なり小なり〈声調〉のなかで〈自然〉の景観は内在化されている。つまり詩人たちは苦労している。内部の脈搏として〈声調〉は詩の生理を、肉体をつくっている。この幸福な韻こそが歴史のずっと後代まで共同体を国家的規模まで形成せずに、〈自然〉との交歓とアナキイな〈自然〉採取で済ませてきたものとおなじ根拠であった。どう藻掻いても韻の幸福に詩はうち克つことができない。なぜなら言語の韻の幸福とは、言語が分節化されない以前からの母斑だからだ。そうだとすればこの宿命的な韻の幸福を拒否できるものは、言語的な母斑にたいする不感症だけではないのか。覚醒してなお拒否することはじぶんを詩の世界から追放することにほかならない。けれどただ追放すれば済むという問題ではなく、母斑をひきずりながら自己を詩から追放しなければならない。ここのところに近代の古典詩人たちの安堵と苦心とがあった。

言語の韻律と音数の必然に拠れば、どうして〈意味〉は感情的な〈自然〉のフイドバックを獲得するのか。何でもない内容が波動のように生理的〈自然〉に同調してくるのか。古典詩人たちはその理由を告げることはできないが体験によって熟知していた。けれど安堵して韻律と音数にしたがうかどうかはまったく別のことに属している。現代の古典詩人たちは生理的な同調と感性的な反撥とのあいだで矛盾を、どう処理するかという問題から出発して生涯の詩作を賭けることになる。これはちょっとかんがえると徒労のようにみえるかも知れない。けれどあらゆる思想の現代的な問題は、感性的に要約してしまえば古典詩人たちが、〈声調〉のある言説によってつかまえている問題を出るものでない。そのことはたぶん心ある現代の古典詩人たちの自負につながっているとおもえる。

渚には国逐《お》われこし冬鳥の声満ち、「われ」という孤島《ひとつしま》
胸水《きょうすい》のひとつかみほどのこれるをいずこの桃か花明りせる
（岡井隆『朝狩』）

おびただしき無言の if《イフ》 におびえては春寒の夜の過ぎむとすらむ
（岡井隆『眼底紀行』）

春の夜の紫紺のそらを咲きのぼる花々の白風にもまるる
風花《かざはな》に仰ぐ蒼天《あおぞら》春になお生きてし居らばいかにか遭わむ
（岡井隆『天河庭園集』）

玄海の春の 潮《うしお》 のはぐくみしいろくづを売る声はさすらふ
生きがたき此の生《よ》のはてに桃植《う》ゑて死も明《あ》かうせむそのはなざかり
春に居てむしろ恋ほしむ冬木立簡浄の枝没日《いりひ》を囲《かこ》ふ

夜半《よは》ふりて朝消《け》ぬ雪のあはれさの唇《くち》にはさめばうすしその耳

（岡井隆『鵞卵亭』）

この晩冬から早春へわたる温度と明度を偏愛する古典詩人は、生理的につきあげてくる春の〈生〉と感性的な思惟にやってくる冬の〈死〉のはざまに、生活の組織を造りあげようと苦心している。安堵はない、だが生活感性はようやく組織されようとしている。この無類の世界はこの歌人が負っている古典詩の現在の問題を象徴しているようにおもえる。

斎藤茂吉　さいとう・もきち

一八八二年山形県生まれ。一九〇六年、伊藤左千夫に入門。〇八年「アララギ」創刊に参加。一三年『赤光』刊行。以後『あらたま』『ともしび』『寒雲』『白き山』など、歌境をふかめながら多数の歌集を発表。『童馬漫語』『念珠集』など歌論、随筆も多岐多彩にわたる。五三年没。そのおびただしい業績は『斎藤茂吉全集』全五十六巻、第二次全三十六巻に収録される。

佐藤佐太郎　さとう・さたろう

一九〇九年宮城県生まれ。二六年「アララギ」に入会、斎藤茂吉に師事。四五年「歩道」を創刊し、「第二芸術論」全盛の時代に屹立する、戦後歌論の白眉「純粋短歌論」を連載。その実践として『歩道』から二歌集を経る『帰潮』があり、以後絶えず新しい展開と成熟を示した。評論、随筆、筆墨集も多数。八七年没。『佐藤佐太郎全歌集』全一巻。

吉野秀雄　よしの・ひでお

一九〇二年群馬県生まれ。會津八一に私淑。万葉良寛調ともいうべき、豪放、細心をあわせ

終の章

季節について

古代の末期からようやく構成がはっきりしてきた詩歌集はかならず、冒頭に四季の移りかわりによって、季節ごとの事物を詠み込んだ作品を順次に並べるようになった。その部立ては「春歌」「夏歌」「秋歌」「冬歌」「賀歌」「哀悼歌」「羇旅歌」「恋歌」のようになる。この編成は中世に入ってからもほとんど全面的に墨守された。近代の詩歌はこれになぞらえて云えば、あるいは「恋歌」「羇旅歌」「哀悼歌」「賀歌」のたぐいが先に、季節歌が後にという逆の順序にあたるかもしれない。だが季節歌が無くなることはなかった。

詩歌の主題として季節がある普遍性をもって時代を超えてきたのはじつは不可解なことにちがいない。それは〈アジア的〉な特質のひとつであった。

世界史的な視野から〈アジア的〉な〈自然〉に言及したのはヘーゲルであった。ヘーゲルはまず〈アジア的〉な〈自然〉の概念を黒人アフリカの〈自然〉と区別してみせた。〈アジア〉では〈自然〉は人間の自然意志の否定のうえに成立っている。だから〈アジア的〉な〈自然〉の概念は絶対的な存在（あるいはその力）の概念と手易く一致してしまう。それ自体が人間の自然な意志の否定につながっていることをはっきりとさせた。「アフリカでは自然的条件は世界史に関してむしろ消極的であったが、アジアに於てはそれは積極的である。従ってまた優れた優れた自然観察はアジア人に帰せられる。」（ヘーゲル『世界史の哲学』岡田隆平訳）

ヘーゲルの〈アジア的〉な〈自然〉の規定はそのあとの誰よりも優れているとおもえる。

ヘーゲルは〈アジア的〉な〈自然〉の特質を「高地」と「盆地」の両地域の全面的な対立にもとめる。黄河と揚子江の流域にできた中国「盆地」、ガンヂス河によってできたインド「盆地」は〈アジア的〉な原理のひとつを意味した。そこでは農業と諸産業が発達している。「高地」が「盆地」に向かう途中、平原と高地との境界の中部アジアことにペルシアは両方の性格を最大の自由さで対立させている。「光と闇、壮麗と純粋直観の抽象——我々が東洋主義と称するもの——はこの地を故郷としてゐる。」（ヘーゲル「前掲書」）これが第二の原理である。

ヘーゲルの第三の原理はこれに海への通路を加えたアラビアのような「前方アジア」である。そこでは砂漠、高原の平地、自由と狂信が渦巻き、海を通路としてヨーロッパにつながっている。シリアや小アジアもこの地域に類別される。基本的な対立における「高地」が象徴するものは遊牧である。

ヘーゲルの規定が正確だとすれば〈アジア的〉な文物と制度とは、〈自然〉

規定の否定的な絶対化から自然意志の許容と肯定にいたるすべての段階からおおきな影響をうけているはずである。そしておおよそわたしたちが〈アジア的〉とかんがえている特質はそれを肯定しているようにおもわれる。

そういう云い方をしてよいとすれば、わが列島の〈アジア的〉な〈自然〉規定は中国と、中国を経たインドの農耕的な原理を高度な哲学や宗教的な思想となった後に海を通じて受容した。それは自然意志のままに生活していたひとびとの上に〈自然〉を唯一の絶対者にまで高めた哲学と宗教と制度を強引に接ぎ木することを意味したにちがいない。島々という原理は海に囲まれた閉域という意味と農耕〈アジア的〉な文化の受容という意味をもっている。わたしたちの列島が古代に入ったということが、ヘーゲルのいう〈アジア的〉の三つの原理を小規模に庭園的に併存させることにほかならなかった。中国とインドの〈アジア的〉な〈自然〉規定を制度によって受け入れる以前にはこの島々はシリアや小アジアやアフリカの原理をもっていたかもしれなかった。そして古代の末期はひとまず中国とインドの〈アジア的〉な原理がいわば膚身についた時期にあたっていた。そして端境アジア的ともいうべき融合が自然観にあらわれた。

中国やインドから農耕〈アジア的〉な〈自然〉規定を受け入れたときに同時に制度的な〈自然〉規定をも受けとった。制度的な〈自然〉規定の〈アジア的〉な性格についてはヘーゲルを継承したマルクスが巧みに把握している。ひと口にいえばそのひとつは「国王が王国内のすべての土地の単独唯一の所有者であること」（一八五三年六月エンゲルス宛マルクス書簡）である。もうひとつのことをいえば「自然発生的な共有の形態」（『経済学批判』）をとった太古からの共同体の自足性をそれほど壊さずに「貢納」を吸いあげてその上に国王の共同体をうわ乗せしたということである。インドや中国のような大陸の大河川流域に成立した〈アジア的〉な原理を制度として移入し〈アジア的〉な自覚をもったのは、歴史の記載では大化改新以後であった。これは「公地公民」の制度と呼ばれた。それ以前は実質はともかくとして村落共同体を自治的に支配している小首長たちの下で自然意志的な制度しかなかった。いいかえれば〈アジア的〉でもなかった。ただ自然のままにすべてのアジア的な原理を小規模に庭園風の温和さと微温さとで島々の原理と融合していた。こういうことを緻密に、既成の概念にまどわされずに丁寧にたどることはすべて今後のことに属している。

古代末期の詩歌にあらわれた空間識知はいつも東北方を指していた。その一応の限度は関東であった。隠岐・播磨・三河・武蔵・下総・越・甲斐・但馬などの諸国の名が『古今集』の羇旅の部の歌にでてくる。それより遠方はほとんど半独立の共同体を形成していてマルクスのいう「自給自足」の状態にあった。またたぶんこの空間識知は季節の推移をほぼ同一の気候条件、植物や動物の生棲状態、生活と生産の様式として把握できる地域にあたっていた。その把握の基準は新たに制度的にととのえられた中国やインドの農耕

〈アジア的〉な原理であったろう。

みちのくにへまかりける人によみて遣しける

しら雲のやへにかさなる遠《をち》にてもおもはむ人に心へだつな　（『古今集』貫之）

源のさねがつくしへ湯あみむとてまかりける時に
山崎にてわかれを惜みける所にてよめる

命だに心にかなふものならばなにかわかれのかなしからまし

（『古今集』しろめ）

域外へ旅立つ官人や病人にたいする距離感が近いと感ぜられるとしたらそれは制度的な理由によっている。制度的な〈自然〉規定からは地方官として赴任する地域や公的に病を養生にゆく地域はおなじ季節が推移すると考えられた。だが人間の自然意志からは「みちのく」や「つくし」は域外の、ちがった季節が推移する異空間であった。『古今集』の「離別」歌にはおなじ都の郊外の寺詣での祈りの〈わかれ〉も採られている。このばあいの〈わかれ〉は眼前の景物にたいする視線の同一性が分岐することであった。景物も気候も時刻もおなじ自然に属していた。いってみれば「きぬぎぬ」の〈わかれ〉とおなじように自然を共有した視線がそこで分れることにほかならなかった。

志賀の山越にて石井のもとにて物いひける人の
別れる折によめる

むすぶ手の雫ににごる山の井のあかでも人にわかれぬるかな

（『古今集』貫之）

この歌が季節をふくまないのは当然であった。同じ景物を背景にした同じ視線の〈わかれ〉だからだ。だが「みちのく」や「つくし」に旅立つ人への離別の歌は季節を含蓄する〈わかれ〉である。そのばあいの季節はむしろ「しら雲のやへに」とか「命だに心にかなふ」とかいう時間を呼び込むような言葉に含まれていた。だがほんとうは詩歌三十一文字の規範性そのもののなかに季節は〈アジア的〉な〈自然〉規定としてあるのかも知れぬ。

*『吉本隆明歳時記』は、一九七七年四月号から翌年三月号まで「エディター」に連載、七八年十月に日本エディタースクール出版部から初版が刊行された。新版発行にさいして、同出版部のご好意をえた。(思潮社)

あとがき

記憶は正確とはいえないが、この一冊が成立したのは一ヶ月ほど病で寝込んだときだった。わたしの切実な関心にのこったのは、季節の移り行きだった。たぶん体力が弱まったのだと思う。季節感だけが鮮やかに浮かび上って、何かその他のことは積極的に主題とならなかった。体力が衰えてまだ回復できなかったからだったためだとおもう。何故季節感だけがのこるのか、自分でも判らなかったし、その時つきつめて考える気力もわかなかった。エディター・スクールの小さな雑誌に小さなエッセイの連載を病後はじめて依頼されたとき、精一杯考えられたのは〈詩を使って季節の移り行き〉を書けないかということだったと覚えている。言いかえれば詩による歳時記ということだ。現在でもこの一冊は愛着が深いが、その理由は病後の体力と気力でこれが精一杯で、またわれながら力をつくとしたなという実感があったからだ。もう少し言えば、天然自然の移り行きが、これほど心にのこったのが不思議だなという思いが消えなかった。柄にもないことだが、道路で歩けなくなって、はじめて寝込んだ後だったと記憶している。わたし個人にとっては珍しい主題と体験だった思いがあって、これもわたし個人にとってだけのことだが、貴重品という気がいまも続いている。

当時エディター・スクールの吉田公彦さんのお世話になったが、今回思潮社の小田久郎氏の御好意に依存することになった。この一冊に取り上げられた詩人たちにとっても安住の地であったら望外の喜びである。

吉本隆明記

貴重な贈り物

野村喜和夫

書物はそのタイトルに多くを負う。どんなタイトルをつけて世に送り出そうか著者や編集者が頭を悩ますのはもちろんだが、受け取る側にとっても、当該書物との出会いから記憶への保存にいたるまでさまざまな局面でタイトルはものをいう。タイトルに関する形容を思いつくかぎりに並べてみるならば、すっきりした、長ったらしい、硬い、柔らかい、ありふれた、人目を引く、「?」という感じの、「!」という感じの、思わず手に取ってみたくなる、鬼面人を驚かすような。

さてそこでこの『吉本隆明歳時記』。著者名が題名にスライドしているダイレクトな感じと、さらにその著者名「吉本隆明」とそこから切れ目なくつづく「歳時記」との、ややデペイズマンともいうべき取り合わせの奇妙さとが重なって、かなり人目を引くタイトルというべきだろう。あの『言語にとって美とはなにか』の著者にして「荒地」同人でもあった吉本隆明が、なぜに「歳時記」を記す? そう、はるかな以前、私は「？」という感じを抱きながらも思わず手に取ってみたくなって、つまりは購読し、日本エディタースクール出版部から出た旧版がいまも書棚に並んでいる。そこには「あとがき」が付されていないが、今度の思潮社版では付されており、それがなかなか興味深いので、まずそのあたりからユニークな書物へアプローチしてみようと思う。吉本氏はこんなふうに述べている。

記憶は正確とはいえないが、この一冊が成立したのは一ヶ月ほど病で寝込んでいたときだった。わたしの切実な関心にのこったのは、季節の移り行きだった。たぶん体力が弱まったのだと思う。季節感だけが鮮やかに浮かび上って、何かその他のことは積極的に主題とならなかった。（……）精一杯考えられたのは〈詩を使って季節の移り行き〉を書けないかということだったと覚えている。言いかえれば詩による歳時記ということだ。

すでにして『言語にとって美とはなにか』や『共同幻想論』を著し、戦後の思想空間に大きな梁を渡しつつあった思想家が病に倒れたとき、そしてその回復期にかけて、「季節感だけが鮮やかに浮かび上がって」きてこの書物を書かせたというのだ。ふと思い出されるのは、あのランボーが、ヴェルレーヌによって負わされた手首の傷を癒しながら書いた『地獄の季節』の最終章を、「もう秋なのか！」という詠嘆とともに始めていることである。十九世紀の激越なフランスの詩人も回復期には季節の移りゆきを思う。だがそのあとで「季節のまにまに死んでゆく人々を遠く離れて」と弱気の虫を抑え、「絶対に近代的であらねばならない」とつづけるところがランボーのランボーたるゆえんでもあるわけだが、わが吉本隆明はどうだろう。

さきを急ぎすぎたようだ。「詩を使って季節の移り行き」を書こうとしたのは、病中病後の体力でも扱えるような、比較的身近な主題だったからだろうか。もちろんそうした面もあるだろうけれど、しかしそれだけではないような気がする。病気によって仕事のエリアが局限された結果、かえってなにかしら本質的なものだけが手近に残留したともいえるのではないか。ふだんはさまざまな主題や方法に隠され守られているが、ひとたび主体が危機にさらされたりすると、他の一切を押し分けて露頭する感性の根のようなもの。人間の皮膚でいえば、脇の下や足の裏にあたるようなところだ。吉本氏も病を得て、またその回復期に、それにふれたのではないか。

　また別の観点からいうと、詩による歳時記を書くというそれだけのことなら、吉本氏ならずとも思いつく。じっさい、それに類した書物はどこかに存在しているだろうし、その場合たぶん、歳時記という名の下に、伝統的な詩意識が詩そのものの孕む固有にして未知のエネルギーを幾分か奪い取っているようにみえることだろう。だが、本書を数ページ読んでみればすぐにわかるように、そういうことは全く起こらない。回復期の思想家は、潜在していたおのれのもっとも本質的な部分、あえていうならおのれの詩人としての部分を、ある種新鮮な思いで明るみに出しながら、しかしその感受性の領分をおのれの思想的課題とつなげることも忘れないのである。感性の根にふれながら、それに溺れてしまうのではなく、それを突き放し、それとの距離をも創出しようとする。弱い力が解放されて、思わぬ成果を生むということだ。

　つまり詩による歳時記は、詩による歳時記批判あるいはメタ歳時記となるのである。あるいはこうも考えられる。詩による歳時記は、まさに「詩による」というプロセスを経ることによって歳時記批判あるいはメタ歳時記とならざるをえない。なぜなら、「〈詩〉はもともと言葉が自然時間を拒否するところからはじまるはずだ」し、なかんずく近代詩そのものが、三十一文字をはじめとする日本詩歌の規範性と一体となった伝統的季節感への違和の表明であるからだ。そのことを、歳時記というスタイルを取ることによっていわば内側から突き崩すようにあきらかにすること。吉本隆明が歳時記を書いたということの、あるいは吉本隆明と歳時記がデペイズマンのように出会ったということの、それが意義であり、その転位の様相をつまびらかにするのが、解説者たる私の義務となるだろう。

＊

まず、この『吉本隆明歳時記』にはある独特の偏りがみられる。詩の歳時記といっても、浅くひろく事例を集めたというわけではなく、探求の対象はある時代のある文学的傾向に集中している。具体的にいえば、四季派とその周辺あるいは同時代の「自然詩人」たちだ（梶井基次郎や堀辰雄といった小説家まで「自然詩人」として括られている）。四季派といえば、三好達治に代表されるように、いわゆる自然諷詠を主題の中心に据えてその結果戦争の遂行に抗いえなかった、いやむしろそれに協力しさえしたというイメージがつきまとう。戦後の「荒地」グループがまっさきに否定しようとしたのもこの四季派であったろうし、その「荒地」に吉本氏も属したのだが、同時にしかし、氏が詩人としての形成期にもっとも愛読し影響を受けたのもまたほかならぬその一群の「自然詩人」たちだったとおぼしいのである。氏はこのねじれから目をそらすことなく、むしろそれをみつめ、そこからこそ出発しようとする。それはちょうど戦中に「軍国少年」であった氏が、戦後になって知識人たちがつぎつぎと宗旨替えをしてゆくその安易さに戸惑い違和を覚え、それら知識人たちの戦争責任をこそ追求していった経緯とパラレルであるかのごとくである。

たとえば「春の章」は、「わたしの好きだった、そしていまでもかなり好きな自然詩人に中原中也がいる」と書き出されていて、偏愛の情を隠さない。そしてその中也において、自然への親和と違和と、ふたつながらどのように絡まり合い反発し合って詩の空間をつくりあげていくのかがあきらかにされる。吉本氏によれば、中也作品の大半は自然の景物のランダムな喚起から始まるという。ところがそれに中也独特の倫理の告白がつづき、「景観や季節であるべきものが、もはやかれの心象のなかにだけ実在する倫理」となってゆくのだとされる。驚くべきは、氏が有名な初期の詩篇「春の日の夕暮」を取り上げて、その最終連の一行目「瓦が一枚　はぐれました」を、「詩行に直立している倫理」と読んでいることだろう。そして「夕暮はつぎに夜の闇に変貌するというのが、自然の法則でなければならぬ。けれど心象の景物のなかでは、夕暮はつぎに、景物自身の静かな血管の中へ変貌してゆかなくてはならない。なぜなら最初に、喪失感の表白から心象の景観がはじまっているから、夕暮は心象の法則に従って移ろわねばならない」とつづけ、「夕暮は景物自身の静かな血管の中の闇に変貌してゆくより、ゆき場所がない」と結ぶ。このあたりの分析は、もちろん吉本氏ならではの透徹した知性と感性的な直観にみちたものではあるけれど、それだけに同時に、私には氏自身の詩作——とりわけあの『固有時との対話』——のプロセスをも語っているような気がしてならない。

同様のことは田中冬二や立原道造を扱った「夏の章」においても起こる。「不毛の草花を摘んできて一本の筒に投げ入れたら〈美〉が成り立つ。そういう感性は私たちの内部に存在する」と、日本的な感性の根、つまり歳時記を共有しながらも、それを無条件に肯うのでもなくまた否定しさってしまうのでもなく、それがたとえば道造作品において、翻訳調の日本語を通じていつのまにか構成的な時間に変容する機微をもってメタ歳時記のあらわれとするのである。とても微妙だが、そこにこそ私たちの詩の成り立つ場所もある、というように。

こうして、たえず先行世代の「自然詩人」たちに立ち帰り、そこでどうしようもなく共有してしまう感性の根をたしかめながら（歳時記的レベル）、またそこでどのように詩と自然とがあるときは共謀しあるときは斥力を及ぼし合うのかを見極めて（メタ歳時記的レベル）、そこからまた私たちの詩の可能性というステージのほうに思いを馳せる。ひとことでいえばこの往還が『吉本隆明歳時記』の諸章である。

例外は――にもかかわらずおそらく本書中の白眉は――これも吉本氏の偏愛する宮沢賢治を扱った「冬の章」であろう。ここではもう感性の根の共有は起こらない。近代詩にあってその真の特異点である賢治は、吉本氏にとっても相当にかけ離れた存在としてあるらしく思われるからだ。けれどもそのことで逆に氏の賢治読解には曇りがなく、私たち読者にとっても明快そのものであるのはありがたい。「かれが並はずれて〈自然〉の景観と付き合いきれたのは、けっして生活環境が田園だったからではなかった。景観を彩る〈自然〉の破片のひとつひとつを、かれが性的な対象として扱い得たからであった」と氏が看破してみせた賢治世界に、私たちもまた驚嘆するのみだ。

いちいちの紹介はもうやめよう。本書を再読し終えてあらためて思うのは、アジア的な季節の移りゆきのなかで、そして日本語という固有の言語を使って詩を書くとはどういうことかということだ。もちろん、環境への即自的な没入は論外である。日本にははっきりした四季があり、人々は古来ゆたかな自然への感性を養ってきたとか、日本語は詩歌のためにこそあるような特殊な言語であるとか、そういう情緒的な美学とは切れたところで本書が書かれていることは、もはや言うまでもあるまい。アジア的な自然やそこでのいわばもうひとつの自然である日本語、むしろそれらは私たちに与えられた限定であり宿命でさえあるが、そのなかでこそ生まれる詩と詩人のドラマもある。それが近代性というもののもっとも意味深い発現であって、その意味では私たちもまたランボーにならって「絶対に近代的」であるほかはないのである。思想の巨人吉本隆明が、病気とその回復期という生の途上にふと出来したオーバーホールのような時間のなかでみつめたのは、まさしくそうしたドラマであり、そうした近代性だった。それは詩人吉本隆明のドラマをもうっすらと滲ませて、私たちの心にじかに届く。もう一度「あとがき」から引用すれば、「わたし個人にとっては珍しい主題と体験だった思いがあって、これもわたし個人にとってだけのことだが、貴重品という気がいまも続いている」と吉本氏は述懐しているが、なかなかどうして、詩と自然との関係をめぐって(『言語にとって美とはなにか』をふまえていうなら「詩にとって自然とはなにか」という問いをめぐって)、私たちにとっても本書は貴重な贈り物のようにありつづけるだろう。

吉《よし》本《もと》隆《たか》明《あき》歳《さい》時《じ》記《き》　新版

著者
吉本隆明《よしもとたかあき》

発行者
小田久郎

発行所
株式会社思潮社
〒一六二―〇八四二　東京都新宿区市谷砂土原町三―十五
電話〇三（三二六七）八一五三(営業)・八一四一(編集)
FAX〇三（三二六七）八一四二　振替〇〇一八〇―四―八一二一

印刷
株式会社文昇堂

用紙
王子製紙、特種製紙

発行日
二〇〇五年五月二十日